KB142422

대장간 소녀와
수상한 추격자들

대장간 소녀와 수상한 추격자들

청소년 역사소설 십대들의 힐링캠프, 조선시대(신분제)

[십대들의 힐링캠프®] 시리즈 NO.28

지은이 | 이마리
발행인 | 김경아

2021년 1월 26일 1판 1쇄 인쇄
2021년 2월 2일 1판 1쇄 발행

이 책을 만든 사람들
책임 기획 | 김경아
기획 | 김효정
북 디자인 | KHJ북디자인
표지 삽화 | 정지란
교정 교열 | 주경숙
경영 지원 | 홍종남

이 책을 함께 만든 사람들
종이 | 제이피씨 정동수 · 정충엽
제작 및 인쇄 | 천일문화사 유재상
베타테스터 | 김예담(서울 가락중학교 2학년)

펴낸곳 | 행복한나무
출판등록 | 2007년 3월 7일. 제 2007-5호
주소 | 경기도 남양주시 도농로 34, 부영e그린타운 301동 301호(다산동)
전화 | 02) 322-3856 팩스 | 02) 322-3857
홈페이지 | www.ihappytree.com
도서 문의(출판사 e-mail) | e21chope@daum.net
내용 문의(지은이 e-mail) | leemalhya.yahoo@daum.net
※ 이 책을 읽다가 궁금한 점이 있을 때는 지은이 e-mail을 이용해 주세요.

ⓒ 이마리, 2021
ISBN 979-11-88758-29-6
"행복한나무" 도서번호 : 130

대장간 소녀와 수상한 추격자들

| 이마리 지음 |

주요 등장인물

홍

춘석

병서

검돌

더벅머리 망나니 휘광

상쇠 아제

그리고 칼 '궁'

차 례

나는 칼이다

히잉! 귀신이 지나가듯 스산한 바람이 울고 갔다. 창고 나무문이 삐걱대며 배불뚝이처럼 부풀어 올랐다가 꺼지더니 덜컹 빗장이 열렸다. 그 사이로 마른 먼지를 실은 회오리바람이 눈덩어리처럼 굴러들었다.

'궁'은 허한 외로움에 떨며 선잠에서 깨어났다. 아무리 차가운 쇠칼이라지만 얼음장 같은 냉기가 뼛속까지 사무친다.

「어찌라고 나 혼자 이런 곳에 버려졌단 말이여?」

몸 한 귀퉁이가 싹둑 잘려나가듯 싸한 통증이 밀려왔다. 문득 대장간에 홀로 남아있을 상쇠 아제가 생각났다. 홍 누님까지 자기가 탄 마차에 올라탔던 기억이 되살아났다. 그렇다면 누님도 자기처럼 이곳 어딘가에 와있을 게 분명하니 대장간에 홀로 남은 상쇠 아제가 더 걱정이다.

「홍 누임, 행여 얼어 죽지는 않아야 헐 튼디. 어쩌든 잘 버티야 혀!」

깜깜한 어둠 속에서 역하고 습한 흙냄새가 코를 찔렀다. '궁'은 정신을 차리자며 몸뚱이를 세워 희미해지는 새벽빛을 노려보았다. 젖은 솜처럼 전신이 나른해지며 자꾸만 꺼져든다.

하얀 치마를 펄럭이며 도망가는 여자와 그녀의 손에 매달린 남자아이가 넘어질 듯 위태롭다. 마침내 털북숭이 왜구가 여자를 덮치고 아이 혼자 어디론가 달려간다. 엄마를 찾아 방황하던 아이가 나무에 매달려 대롱거리는 엄마를 발견하고 비명을 지른다. 고막을 찢는 아이의 울음소리가 빈 들을 울린다.

'궁'은 아이와 함께 흐느끼다 퍼뜩 선잠에서 깨어났다. 도대체 그 여자가 뉘며, 또 그 남자아이는 누구일까? 왜 생시처럼 이런 꿈을 꾸는 걸까? 덜컹거리는 마음을 진정시키는데 세찬 바람이 불어닥쳐 문지방이 자꾸 삐거덕거렸다. 그제야 자신이 어떤 칙칙한 창고의 벽에 매달려 있다는 걸 깨달았다. 오싹한 한기가 칼등으로 흘러내려 '궁'은 마구 허둥거렸다.

「아, 안 돼. 근디 여기가 어데여?」

어둠 속에서 컬컬한 목소리가 들렸다.

「쳇, 지가 무슨 보검이라고 칼집까지 거들먹거리며 달고 와?」

'궁'은 대들고 싶었지만 행여 촌놈이라 놀릴까 봐 입을 다물었다. 가끔 대장간에 칼을 사러 오는 한양 양반들이 상쇠 아제의 남원 사투리를 놀려대던 게 떠올라서다.

판자벽 틈새로 어스름하던 새벽빛이 부옇게 스며들고 있었다. 멀리 저승사자처럼 우뚝 선 두 개의 통나무 사이로 길쭉한 목판 같은 게 보였다. 그걸 지탱한 쇠줄이 흔들릴 때마다 녹슨 쇠의 끽끽 소리가 숨 가쁘게 들려왔다.

흙벽 위쪽으로는 대못 위에 칼들이 줄줄이 걸려있다. 적의 심장이라도 꿰뚫을 듯 길쭉하고 날카로운 칼, 검게 녹이 슨 넓적하고 무딘 칼, 붉은 무쇠로 변한 녹슬고 둔한 칼과 파란빛을 뿜는 날렵한 칼들이 '궁'을 에워싸고 노려보았다. 그러다가 선잠에서 깨어난 듯 벌떼처럼 떠들기 시작했다.

「오밤중에 들어와 우리 잠을 뺏어간 녀석이잖아.」

「젊다고 자만하지 마. 세월이 지나면 다 지고 마는 법!」

「맞네, 나도 젊을 때는 부귀영화가 영원할 것 같았어. 하지만 영원한 것은 하나도 없더라고.」

「듣자 허니 남원 춘향골에서 여그 한양까지 왔다드만? 오매, 출세도 단단한 출세혔네!」

진한 남도 말투가 끼어든다. '궁'은 반가워 말을 섞고 싶은데 입이 풀떼기로 봉한 듯 달라붙었다.

「인자 해가 중천에 뜨면 십중팔구 너도 불려 나갈 거시여.」

「을매나 피 튀기는 일을 허는지 니 같은 애송이는 상상도 못 헐 걸.」

'궁'은 가슴이 벌렁벌렁 뛰었다. 사지에 온 힘을 실어 버티고 서서 자신을 다그쳤다.

「난 달러. 니 놈들과는 근분('근본'의 전라도 방언)이 다른 칼이여.」

'궁'은 온몸에 힘을 주고 버티고 서보았다. 그러자 컴컴한 창고 귀퉁이에서 웅얼거리는 말들이 툭툭 튀어나왔다. 시골놈 주제에 칼자루가 화냥년 몸매처럼 미끈하다느니, 날렵한 배때기가 사람 잡겠다느니, 시퍼런 칼날로 휘광을 번득대는 꼴이 수백 명 목 꽤나 따겠다는 등 끝이 없었다.

「휘광? 맞어! 그, 그 대장간에서 날뛰던 더벅머리 망나니 이름도 휘광이라고 혔어. 그럼 그자도 여그 왔을 튼디?」

그제야 휘광이와 같은 마차를 타고 왔다는 생각이 났다. 으스스 몸을 떠는데 대장간 상쇠 아제의 음성이 들려오는 것만 같았다.

"'궁', 너는 예사 칼이 아니다. 왜놈을 쳐부순 이순신 장군님 같은 훌륭한 장수를 돕기 위해 태어난 몸이여!"

상쇠 아제는 아침이면 정화수 한 사발을 떠놓고 정성스레 빌었다. 앉은뱅이 상쇠 아제가 정화수 앞에 엎드리면 꼭 굴렁쇠만 했다. 아니 제 몸을 굴려 만든 단단한 쇠똥구리 같기도 했다. 그런데도 쇠를 주무를 때는 천지를 변화시키는 위대한 마술사처럼 신기(神技)가 넘쳤다. "제발 '궁'이 의로운 칼로 쓰이기를 비나이다, 비나이다"라며 빌어

주곤 했다. '궁'은 그때마다 검기(氣)를 받은 칼이라며 자신을 다졌다. 그러면 금방 용처럼 비상이라도 할 듯 기가 솟아나고 자신만만해졌다. 의로운 곳을 위해 일하고 싶은 마음이 용솟음쳤다.

그러니까 '궁'이 세상 빛을 본 지 얼마 되지 않았을 때였다. 서당 스 승이자 마을의 어르신인 마석 영감이 일어섰다. 상쇠가 두 달이나 칩 거하며 혼신의 공을 들인 칼을 만천하에 알려야 한다고 했다. 그래야 강한 칼이 된다면서 동구 밖 정자나무를 가리켰다.

그건 나무 그루터기에서 가지가 둘로 갈라져 나와 수십 년을 '쌍목' 이라 사랑받던 정자나무였다. 사시사철 사람들이 모여들던 그 나무가 언제부턴가 밑동부터 시커멓게 변했다. 마을 수호신처럼 모시던 그 나 무에 액운이 낀 거라며 모두 수군거렸다. 언제부턴가 사람들은 가까이 가는 것조차 꺼렸는데, 결국 가맛골의 힘장사 춘석 아범을 시켜 나무 를 잘라내기로 했다. 가맛골은 춘향 대장간이 있는 춘향골 근처의 백 정 마을이라 '궁'의 힘을 시연해 볼 호기였다.

드디어 춘석 아버지가 나무를 향해 '궁'을 치켜들었다. 사람들은 가 슴을 조이며 눈을 감았다. 곧 쿵 소리가 땅을 울렸다. 놀란 사람들이 눈 을 떴을 때는 두 동강이 난 거대한 나무토막이 그들 앞으로 쓰러진 후 였다. 춘석 아버지 팔뚝의 서너 배가 족히 넘는 나뭇등걸이었다. 사람 들이 놀라 웅성거렸다.

"그 큰 구신 들린 나무를 어티게 단칼에 비어낸단 말이여?"

"칼에 신기가 있나벼. 사람맨치로 이름도 있댜, '궁'이라고!"

대장간 소녀와 수상한 추격자들

"'궁'은 우리 춘향골, 아니 조선의 보배여. 그랑께 잘 지켜야 허겄어."

마석 영감은 '궁'이 악귀를 물리쳤다고 소리꾼을 불렀다. '궁'을 나무 그루터기에 올려놓고 한바탕 잔치를 벌였다. 겨울바람이 아직 차갑지만 잘린 그루터기에는 연녹색 새순이 쏙쏙 올라왔고, 그곳은 다시 고을에 기쁨을 주는 명당자리가 되었다. 사람들이 그걸 보러 모여들면서 남원에 있는 '궁'에 대한 소문이 발 없는 말처럼 천리에 퍼졌다.

「그러니 지금도 정신만 똑바로 채리면 이 호랭이굴에서 벗어날 수 있는 거여.」

'궁'은 몸을 곧추세우며 거듭 의지를 다졌다.

남원도 '궁'의 탄생

상쇠는 홍이 소꿉놀이를 할 나이부터 딸을 대장간에 데리고 다녔다. 여기저기서 모아온 낡은 쇠 밥그릇, 쇠 수저, 구멍 난 가마솥까지 모든 쇠붙이는 홍의 장난감이 되었다. 홍은 쇠붙이 속에서 쇠붙이와 함께 자랐다.

"아부지, 지도 아부지처럼 칼을 맨드는 사람이 되고 싶어요. 지는 쇠붙이를 맨지고 다듬는 게 참 좋당게요."

가만히 앉아있지 못하는 팔팔한 홍은 자주 아버지를 졸랐다. 그러나 상쇠는 유일한 피붙이인 딸이 자기와 다르게 살았으면 했다. 남자도 힘든 이 일을 딸에게 이어받게 하고 싶지는 않았다. 그러나 눈만 마주치면 졸라대는 홍의 등쌀에 배겨날 수가 없었다. 그래서 마을을 돌아다니며 쇠붙이 모으는 일부터 조금씩 맡겨보기로 했다. 홍은 살집은 없어도 강단이 좋아 야무지기가 사내 이상이었다. 작은 몸을 부지런히 움직여 일을 제법 잘 도왔다.

'저 녀석이 먼저 간 지 오래비 원을 풀겠구나.'

상쇠는 앉은뱅이 의자를 내려다보며 한숨을 쉬었다. 젊어서 병으로 다리를 못 쓰게 된 그는 썰매처럼 나무판 밑에 작은 바퀴를 매달아 상반신을 얹었다. 온종일 불 옆에서 일하다 쥐가 나면 그걸 타고 대장간 골목을 돌았다. 양손에 쥔 막대기 아래 송곳을 달아준 것도 홍의 효성이었다.

"상쇠, 바람 쐬러 나왔고만. 근디 오늘은 워찌 홍이 안 보이네?"

동네 사람들은 대장장이의 그림자처럼 붙어 다니는 홍을 먼저 챙기기도 했다.

그날도 홍은 모아온 쇠를 내려놓고 있었다. 상쇠는 그러는 홍을 보며 마누라와 아들 궁 생각에 목이 메었다. 그러니까 홍이 돌쟁이 무렵이었을 게다. 갑자기 마을사람 두셋이 헐떡이며 대장간에 뛰어들었다. 왜군들이 홍의 어머니를 졸참나무에 매달아 놓았노라고 머뭇거리며 알려주었다. 엄마를 따라 나갔던 네 살짜리 아들 궁이 울고불고 길바닥에서 헤매는 걸 사람들이 발견하고 데려왔는데, 아들도 그 길로 열병을 얻어 세상을 뜨고 말았다. 상쇠는 나중에야 노략질하던 왜군이 마누라를 범한 사실을 알게 되었다.

한꺼번에 피붙이와 마누라를 잃은 상쇠는 몸져누웠다. 화병이 도져 미쳐도 이상하지 않을 상황이었다. 그때 춘석네가 갓난쟁이 홍과 상심한 상쇠를 정성껏 돌봐주었다. 춘석네가 아니었으면 상쇠는 아마 지금쯤 이 세상 사람이 아니었을 것이다.

그즈음부터 왜놈 눈을 피하려고 더러는 어린 여아를 남장으로 키우는 사람들이 생겼다. 물론 홍도 남장으로 키웠지만 그걸 기억하는 사람들은 거의 없었다. 마누라와 잘 지내던 고을 여자들이 그때 많이 죽었기 때문이다. 춘향골 사람들은 그저 대장장이 아들 녀석이 효자라며 부러워했다. 그걸 기억하는 건 오로지 마석 영감뿐이었다.

상쇠는 홍이 춘석과 함께 노는 모습을 멍하니 바라보았다. 마치 아들 궁이 돌아온 듯했다. 가슴에 큰 돌을 매단 듯 무겁고 팍팍한데 세상은 잘도 돌아갔다. 꾀꼬리는 재잘거리고, 해는 어김없이 떠올랐으며, 봄마다 나무는 새순을 틔워냈다.

'맴을 줄 마느래가 없는데 봄이 무신 소용이며, 새 시상이 다 뭐여?'

봄이 올 때면 더욱 마음 붙일 곳이 없었다. 자꾸 싱숭생숭한 꿈을 꾸었다. 어느 날 아들 궁이 오 척쯤이나 되는 긴 칼을 키가 큰 어른께 바치고 있었다. 상쇠는 꿈에서 깬 후에도 그 칼이 눈에 선했다.

"그려, 바로 그 칼이다. 네 증조부가 이순신 장군께 바쳤다는 오 척 긴 칼!"

상쇠가 무릎을 치며 소리쳤다. 그때부터 칼 장인이 되고 싶어 하는 홍에게 칼 이야기를 전해주기 시작했다.

　　　　　　　　　　　대장간 소녀와 수상한 추격자들

남원고을이 자리 잡은 마한은 삼한시대부터 철이 유명하여 철기문화가 융성했다. 그 후 백제의 중심이었던 이 지역에서 칼을 만드는 문화가 꽃피었다. 왜구들은 백제의 왕족이 갖고 건너간 칼을 밤낮으로 연구하기 시작했다. 수많은 시행착오 끝에 왜구는 조선인의 칼에 숨은 기술을 익히고 발전시켜 제 것인 양 꽃피웠다.

이렇게 상황이 역전되자 백제의 영광은 사라져 갔고, 조선에서 칼 만드는 사람은 하늘의 별 따기만큼이나 귀해졌다. 더구나 조선에서는 장인을 천민이라고 업신여기는 풍조까지 성행했다. 사실 장인은 제품을 팔지 못하면 끼니를 때울 수조차 없었고, 그런 장인의 약점을 잘 아는 상인은 선대제를 이용했다. 원료를 대주고 물건을 만들게 한 후 값을 치르고 도맡아 팔기 시작한 것이다. 약점을 아는 상인이 제값을 줄 리 없었다. 상인들은 싼값에 장인들의 임금과 제품을 빼앗다시피 가져갔고, 결국 가난에 빠진 장인들은 도적질을 시작했다. 도적 때문에 못 살겠다는 백성의 불만이 커지자 조정의 임금이 명을 내리게까지 되었다.

"간사하고 거짓됨을 일삼는 장인을 엄하게 조사하고 다스리게끔 하라!"

그 결과 조선의 칼 제작 기술은 더욱 쇠퇴했다. 칼 장인이 점차 사라지면서 급기야 판도가 바뀌었다. 조선은 일본에서 칼 만드는 사람을 데려오기에 이르렀다. 일본인이 칼 한 자루만 조선 관아에 바쳐도 평생 먹고살 쌀을 대주기도 했다.

"우리의 찬란한 문화가 후퇴했던 거지. 인자는 왜놈들이 그 칼을 들고 거꾸로 조선으로 쳐들어오지 뭐여."

"아부지, 그랑께 지헌티도 꼭 칼 맨드는 법을 가르쳐주셔요."

"그려, 어쩌든 이순신 장군이 안 계셨으믄 우리 조선은 다 왜놈에게 먹혀 버렸을 거시여. 그나마 대장간을 열어 대대손손 칼을 맨들기 시작한 조상님이 나라에 일조를 허신 거지."

조상 할아버지는 좋은 철을 구하러 지리산을 끼고 도는 섬진강 양쪽을 헤집고 다녔다고 했다. 전라도, 경상도, 심지어는 조선 팔도를 찾아 헤매면서 여기저기서 구해온 쇠붙이 중 질 좋은 쇠만 모아 칼을 만들 준비를 했다. 천우신조로 이순신 장군이 전라좌수사로 발령받아 고흥에 내려와 있던 차라 칼을 올릴 절호의 기회였기 때문이다.

조상 할아버지는 몇 날 며칠 식음을 전폐하고 칼 제작에 들어갔다. 장군께 드릴 큰 칼을 만들기 위해 쌀뒤주만큼이나 큰 주물솥을 마련했다. 거기에 모아온 질 좋은 쇠붙이를 부어 녹이기 시작했다. 작업 하나하나마다 기를 불어넣으며 명검이 되도록 빌었다. 오 척 큰 칼을 일흔 번 불리고(쇠붙이를 불에 달구어 성질을 변화시키는 것), 예순 번 후렸다(모난 부분을 깎아내리는 것). 그러면서 그 칼을 차는 장수가 힘이 넘치고 자손이 불어나며 삼은(三隱)을 얻어 나라를 잃지 않기를 빌었다. 고려왕조의 충절을 지킨 이색(목은), 정몽주(포은), 길재(야은) 같은 세 위인이 조선에도 나오기를 학수고대하면서 말이다.

대장간 문이 조심스럽게 열리고, 몇몇 남자들이 발끝으로 걸어 들어왔다. 칼이 거의 완성될 무렵이라 조상 할아버지는 자식들에게 각별히

대장간 소녀와 수상한 추격자들

당부했다. 소란을 떨면 마지막 기를 넣는 칼에 부정을 탄다고 말이다. 모두 엄숙하게 칼이 완성되는 모습을 지켜보았다. 대장간 한가운데서는 쇳물이 든 솥이 부글거리며 여전히 뜨거운 증기를 뿜어내고 있었다.

상쇠 말이 끝나자 홍이 고개를 끄덕였다.

"잘 알겠어요. 조상님 덕에 칼을 맨질 수 있으니 지는 참말로 복뎅이구만요."

홍이 나가고, 상쇠는 느긋하게 대장간의 오수를 즐기고 있었다. 그때 홀연히 우렁찬 소리가 들려왔다.

"상쇠, 이제는 자네도 선친들을 좇아 명장의 길을 가야 하지 않겠나?"

상쇠는 놀라 눈을 비볐다. 아들 궁이 오 척 장도를 받쳐 들고 나타난게 아닌가. 조상님이 이순신 장군께 올렸다던 끝이 날렵하고 묵직해 보이는 칼이었다. 아들 궁의 목소리가 생시인 양 또렷하다.

"아부지, 좋은 세월 함께하지 못허고 왜놈들 손에 억울하게 죽은 엄니와 지 원한을 풀어주셔요. 지는 의로운 칼로 다시 태어나 꼭 나라를 지키고 싶구면요."

"궁, 내 아들 궁아! 이 애비가 니 소원을 꼭 들어주고말고. 니 엄니와 니 혼이 깃든 칼을 맨들고야 말 것이여."

그날부터 춘향 대장간의 문이 닫혔다. 상쇠는 농기구 작업은 당분간 밀쳐두었다. 혼신의 힘을 기울여 칼을 만드는 작업이 시작되었다. 벌겋게 달군 쇠를 물에 넣어 식힌 후 팔뚝이 으스러져라 망치질을 했다. 그

망치질 소리가 밤낮으로 대장간을 떠날 줄 몰랐다. 수백, 수천 번 담금질하는 상쇠의 어깨 근육만 불쑥불쑥 솟는 게 보였다.

작업에 열중한 상쇠는 식사를 거르는 일이 다반사였다. 홍은 삼시 세끼를 차려 아버지 옆에 조용히 놓아두었다. 언제 비웠는지 모르게 가끔 빈 그릇만 나왔다. 그러기가 한 달여였다. 하루는 홍이 음식을 내려놓고 조용히 말했다.

"아부지, 망치 소리가 맑아진 것 같아요."

"그러냐? 쇠의 조직이 치밀하고 강해질수록 망치 소리가 맑아지지."

홍은 눈을 반짝이며 아버지 말을 귀담아들었다.

"아부지, 좀 쉬었다 허셔요."

"아니다. 이렇게 부드러울 때 내려쳐야 써. 그려야 쇠가 질기고 단단해지지. 때를 놓치면 다시 새잽이여."

상쇠가 용광로에 구운 벌건 칼을 물에 넣었다. 치이익 하며 쇠 식는 소리가 나는 순간 쇠를 또 내려치기 시작했다.

"아부지, 그렇게 수도 없이 녹이고 두드려야 하는 거여요?"

"아무렴, 많이 접어 두드리면 두드릴수록 잡철이 떨어져 나가는 거여. 밀가루 주무르듯 부드러워질 때까지 온갖 정성을 다해 쇠를 다듬어야 한다. 그렇지 않고서는 좋은 칼이 태어나지 못하는 벱인게. 천 번 때리면 잡철이 천 번 떨어져 나가는 거여. 나쁜 맴을 털어버리듯이 말이여."

"아! 많이 때릴수록 더 좋은 칼이 나오는 게비네요."

"그라지, 나쁜 생각을 모다 내쫓으면 새사람이 되듯이."

홍은 아버지 어깨 근육 위에 계곡 물줄기처럼 흐르는 땀을 가만히 닦았다.

"사람도 마찬가지여. 이렇게 하면 몸띵이와 맴이 단단해지는 거여. 긍게 숱한 과정을 거쳐야 질겨진 칼맨키로('칼처럼'의 전라도 방언) 잘 깨지질 않지. 단단하게 자신을 담금질허면 아무도 함부로 엿보지 못혀."

홍은 입술을 깨물며 고개를 끄덕였다.

"인자 마즈막으로 연마하는 작업만 남았다."

상쇠는 쇠를 갈기 시작했다. 갈고 또 갈았다. 같은 방향으로 수천수만 번을 갈았다. 어느덧 기다랗게 휘어진 칼날이 번쩍이며 윤이 나기 시작했다. 아버지 손끝에 놓인 날은 손바닥을 벨 것처럼 위태로웠다. 뭉툭한 손마디는 불에 데어 흉터투성이였고, 손톱은 일그러져 있지만 손끝은 칼날의 예리함을 놓치지 않았다. 아버지는 마침내 칼을 내려놓고 홍을 눈짓해 불렀다. 유심히 칼을 지켜보던 홍이 물었다.

"아부지, 근디 칼날을 따라서 왜 이리 홈이 파여 있대요?"

"잘 봤구먼 그려. 죽 패인 이 홈은 '혈조'라는 것이여. 칼의 무게를 줄이기 위해 칼날을 따라 골을 파주는 거지."

"칼이 무거울수록 심('힘'의 전라도 방언)이 좋은 거 아녜요?"

"꼭 그라진 않지. 너무 무거우면 맴대로 내려칠 수가 없으니께."

"기동성이 없다는 말씀이지요?"

"그라지. 상대방을 찔렀을 때 경직된 근육과 혈액 응고로 칼이 쉽게 빠져나오지 못할까 봐 피가 흘러내릴 도랑을 맨들어 주는 거여. '바람 구멍'이라고도 부르는디, 전장에 나가거나 연륜 있는 칼에는 그곳에 지흔(脂痕)이 묻어. 사람의 지름('기름'의 전라도 방언) 흔적 말이여."

상쇠는 달구어진 인두를 다듬어 놓은 물푸레나무 칼자루 위에 얹었다. 지지직 나무 타는 연기 속에 「남원도 '궁'」이라는 글자가 새겨졌다. 칼자루를 박고 난 후에야 아버지는 허리를 폈다.

"홍아, 이 칼자루에 난 홈 개수를 헤아려 보그라."

"하나, 둘, 셋 … 열일곱이요."

"그 숫자가 뭔지 알겄냐?"

"글씨 잘…."

"이 칼은 궁과 홍, 내 자슥들을 위한 칼이여. 니 오래비 이름에 니 나이를 새긴 거지."

"아부지…."

홍은 가슴이 벅찼다. 떨리는 손으로 칼자루를 쥐어보았다. 부끄러운 열일곱, 아니 꿈 많은 열일곱이었다.

"오늘까지 꼭 두 달 걸렸구먼."

부녀(父女)는 조용히 칼을 쓰다듬었다. 손끝에 찌르르한 떨림이 전해져 둘은 눈물을 글썽였다.

"이 칼의 이름을 '궁'이라고 허자."

"아부지, 오래비 이름을 딴 칼이니 오래비가 참말로 좋아허겄어요."

"인자 니 오래비는 의로운 칼로 환생하여 보람 있게 살 것이여."

"아부지, '궁'이 벌씨 다 알아듣나 봐요. 이리 서슬 퍼런 빛을 품어내다니."

"내 비록 천한 몸띵이지만 공과 심을 기울였어. 칼은 사용할 줄 아는 사람이 가져야만 쓴다. 그래야 사람을 죽이는 칼이 아니라 사람을 살리는 칼의 본분을 다 할 것이여."

"아부지, 명심헐게요. 우리 훈장님도 자기가 하는 일이 뭐시든 자랑스러워해야 헌다고 말씸하셨당게요."

"그려, 그 말씸이 맞다. 니 아부지는 대장장이였던 걸 한 번도 후회한 적이 없어. 비록 우덜이 신분은 낮지만 딴 사람들을 이롭게 하는 일을 허잖여? 농사짓는 농기구와 말발굽을 맨들고, 나라를 지켜줄 의로운 칼도 맨드니 말이여."

"지는 그런 것들이 증말 재밌어요. 오늘 밤 서학 공부에서 수레 만드는 법, 또 질('길'의 전라도 방언)을 포장하는 법까지 알려준다니 참말로 신난당께요."

홍은 신이 나서 목소리가 높아지다 갑자기 숙연해졌다. 조정에서는 실용적인 공부는 허락하면서도 서양교리를 배우는 줄 알면 잡아가기 일쑤였다. 그래서 쉬쉬하며 윤 대감의 교리반이 열리는 것도 비밀로 진행되었다. 그때 마석 영감이 들어오다 완성되어 가는 칼을 보며 소리쳤다.

"와! 저 검광 좀 보라카이. 대장간 문을 활짝 열어 만천하에 이 칼의 정기를 퍼뜨리자카이. 나라를 구할 이 칼의 힘 말이다."

그분은 원래 섬진강 건너 경상도 함양 사람이었다. 남원까지 데릴사위를 와 평생 꼿꼿하게 산 서당 어른이시다. 경상도 쪽 유입인들 때문에 남원에서는 심심찮게 경상도와 전라도 사투리가 섞여 남원 특유의 말을 만들어냈다. 그러나 마석 영감의 말투는 초지일관 경상도 말 일색이었다. 어쨌든 그는 변함없이 마을을 지켜주는 꼿꼿한 어른이었다.

"홍이 말처럼 시상도 변하고 있으니 신이 나능기라."

상쇠가 물었다.

"근디 우리 같은 인간도 대접받는 시상이 올랑가요?"

"하모, 기다려 보자. 시상이 변하고 있다 안카나."

"야야, 인자 학당에 갈 시간이여."

아버지의 말에 홍은 갑자기 사또 아들 병서의 느끼한 얼굴이 어른거렸다. 학당이 끝난 뒤 춘석을 기다릴 때마다 나타나 훼방을 놓는 위인이었다. 홍은 일부러 바지를 말아 종아리에 올려붙이고 남몰래 가슴 싸개도 했다. 여자 티를 안 내려 할수록 병서가 뭔가 낌새를 챈 것 같아 불안하기만 했다. 천만다행으로 중인과 양반의 공부방이 달라 그나마 나았다.

"아니, 왜 대답이 없는 거여? 학당이 그리 좋다더니만."

아버지 목소리에 홍은 선뜻 놀라 깨어났다.

"앗, 아부지, 잘 댕겨오겠어요."

홍은 얼른 정신을 차렸다. 나가기 전에 '궁'에게 뛰어가 손인사를 했다.

"'궁', 아부지 잘 지켜드려야 써! 이 몸은 학당에 댕겨올랑게."

'궁'도 대답하듯 상서로운 빛을 품어냈다. 그 빛살 속에서 '궁'과 홍이 뭔가 속삭이는 듯했다.

「누임, 잘 댕겨와. 공부 많이 하고 오는 거여.」

홍이 고개를 끄덕이고는 탕탕거리며 뛰어나갔다. 그런 홍을 보며 마석 영감이 껄껄거렸다. 상쇠는 딸 녀석이 걱정 반 자랑 반인 심정이었다.

"어휴, 지 딸이 꼭 고삐 풀린 망아지 같구먼요. 에미 없이 키워서 그런지 원."

"그런 소리 하지 말라카이. 똑똑하고 활달한 게 남아 못지않게 큰일을 할 아인기라."

어쨌거나 상쇠는 이제 '궁'에게 기를 불어넣을 일만 남았다. 마침 마석 영감이 정화수를 한 사발 떠왔다.

"소망하던 '궁'이 탄생했으니 춘향골의 경사요, 남원의 경사잉기라. 일단 대장간에서 먼저 검기를 가득 불어넣어 주자카이."

마석 영감이 '궁' 앞에 엎드려 큰절을 했다. 상쇠도 옆에 엎드렸다. 탄생의 비밀을 아는지 모르는지 '궁'은 은은하면서도 서릿발(땅속의 물이 얼어 기둥 모양으로 솟아오른 것. 여기서는 얼음처럼 차갑고 날카로운 칼의 기운을 말함) 같은 검광을 대장간 가득 품어냈다.

은밀한 이별

　그날 밤 동굴에서 윤 대감의 교리를 들은 사람들은 집으로 돌아가 문고리를 단단히 걸어 잠갔다. 춘향 대장간 골목에 가져갈 게 뭐 있을까마는 대장간에서 새로 만든 칼에 눈독을 들이는 자가 많다는 소문이 돌기도 했다. 조정에서 서학쟁이들을 잡아들이는 판이라 사람 해코지가 더 무섭다고도 했다. 모두 각별히 신경 쓰라는 마석 영감의 당부를 새겨들었다.

　양반들이 당파싸움으로 제 밥그릇 챙기기에 여념이 없던 때라 조정에서는 하찮은 민초를 돌볼 리 만무했다. 그저 나라의 질서를 뒤흔들며 조상 섬기기를 거부하는 천주쟁이들이 눈엣가시였는데, 파고 보면 진짜 속셈은 정권을 잡은 노론파가 서학에 심취한 남인파를 거세하려

　　　　　　　　　　　　　대장간 소녀와 수상한 추격자들

는 치열한 당파싸움이었다.

이런 판국이라 양반과 천민이 평등하다며, 조선 근간의 뿌리를 뒤흔드는 학문에 빠진 자들이 희생양이 될 수밖에 없었다. 세상이 바뀌면 권력가들은 그간 쌓아둔 재산은 물론 자식들의 관가 진출까지 끝장이었기 때문이다. 그러니 서학은 패가망신시키는 몹쓸 학문이며, 천지가 개벽할(새로운 세상이 열리거나 어지럽게 뒤집힐) 소리라고 핏대를 높였다.

"워찌 제 애비를 옆에 둔 채 대부(大父)라며 하늘의 신을 모신다는 거여?"

"그러게 호로자석 아니겠소."

"어떻게 지 애비보다 크신 애비가 있냐 말이네."

"맞지, 지 애비 위에 멀쩡히 임금이 계신디 더 큰 아부지를 섬겨?"

그럼에도 불구하고 역적질하는 교인은 장마철 강물처럼 불어났다. 전국 방방곡곡에 천주쟁이를 잡아들인다는 방이 나붙기 시작하자, 그들은 관의 눈을 피해 계곡과 굴 또는 산속으로 숨어들었다.

윤 대감이 잡혀간 후에 교리공부를 하려는 사람들이 더 모여드는 것은 신기한 일이었다. 관가의 눈을 피해 이곳저곳 돌아가며 모이다 가끔은 춘향 대장간에서도 모였다. 마석 영감을 중심으로 윤 대감이 주고 간 교리서를 읽기 시작했다. 천민들의 마음이 하나로 뭉치며 뜨거워져 갔다.

백정은 고기장사로 돈은 좀 버는지 몰라도 자식을 공부시키는 것은 꿈도 못 꾸었다. 그러나 이제 세상이 변하기 시작했다. 그 교리는 양반,

천민 상관없이 글을 읽게 해주고, 기쁨을 주는 진리를 배울 기회를 주었다. 그러니 밤을 새워서라도 그 말씀을 듣고 싶어 했다.

"자, 따로따로 나가잖게. 이 밤중에 몰려가면 군졸이 딱 눈독들이기 십상이여."

"다섯 세대를 하나로 묶어 신자가 생기면 공동 책임을 지고 서로 감시하게 헌디야. 모다 입들 다물어야 써."

그러던 어느 날 교리가 한창인데 어떤 아주머니가 초를 쳤다. 귓속말을 주고받으며 누군가가 하룻밤 사이에 사라졌다고 수군거렸다.

"춘석네가 드디어 떴댜. 쥐도 새도 모르게 말이시."

"뜨다니? 무신 소리여?"

"쉿! 윤 대감님이 한양 가차운 디에 춘석네가 머물 집을 알선해줬댜."

홍은 가만히 듣고만 있었다. 상쇠 역시 입도 벙긋하지 않았다. 교리당 사람들이 웅성거리는 소리가 마치 딴 세상에서 들려오는 듯했다. 홍은 춘석이랑 헤어지던 순간이 떠올라 가슴 한구석이 바늘로 쑤시듯 아려왔다.

그날 밤도 막 대장간 문을 닫으려고 할 즈음이었다.

"홍아, 문을 아주 닫지는 말아라. 약조(約條)한 사람이 올 거여."

아버지 말이 떨어지기가 무섭게 밖에서 인기척이 났다. 어둠 속에서 조심스레 얼굴을 내민 건 춘석 가족이었다. 춘석 아버지는 눈이 충

혈되어 있었고, 춘석 어머니는 옷고름으로 눈물만 찍어냈다. 춘석까지 어깨를 축 늘어뜨린 채 닭똥 같은 눈물을 떨구었다.

홍은 영문을 몰라 엉거주춤 서 있었다. 그러고 보니 엊그제 윤 대감 설교 후에 춘석네랑 어른들끼리 뭔가 비밀스럽게 이야기하던 모습이 떠올랐다. 설마 하면서도 춘석의 처진 어깨를 보니 가슴이 철렁했다. 춘석이 입술을 떨며 주춤거렸다.

"홍, 우리 인자 떠나."

역시 그랬었구나. 각오는 하고 있었지만 홍은 명치를 한 대 맞은 듯 멍해졌다. 그러나 명랑한 척 춘석의 어깨를 살짝 쳤다.

"우리 또 만날 틴디, 뭘."

그때 대장간 나무문이 열리고 마석 영감이 나타났다.

"윤 대감님 오신다카이."

훌쩍한 키에 마른 어르신이 뒤따라 들어왔다. 대장간에 있던 사람들 모두 엎드려 인사를 드렸다. 윤 대감이 덥석 춘석 아버지의 손을 잡아 일으켜 세웠다.

"이럴 필요 없네. 어서 일어서게."

"아니랑게요. 대감님은 즈이 집안 은인이시고만요."

윤 대감이 황망히 손을 저었다. 어쨌거나 춘석 아버지는 마누라가 각시놀음을 당한 후 무슨 수를 써서라도 가맛골을 빠져나가고 싶었다. 백정 여편네라며 남정네들에게 희롱당하던 수치를 부부는 잊을 수가 없었다. 그 후로 춘석 어머니는 외출을 삼간 채 집 안에 꼭꼭 숨어 살았다. 마누라가 행여 목숨이라도 끊을까 봐 춘석 아버지는 전전긍긍했다. 엎친 데 덮친 격으로 몸까지 시름시름 아프기 시작했다. 가맛골 사람들은 슬금슬금 춘석네를 피하며 마치 역병 걸린 사람 대하듯 했다. 춘석 아버지는 대장간에 와 눈물로 하소연했다.

"지지리도 운이 없어 우리 마느래가 당했는디…. 으쩌면 같은 백정인 가맛골 사람들꺼정 그리 눈을 돌린다요?"

"춘석 아범, 너무 상심허지 말어. 하늘이 무너져도 솟아날 구녕('구멍'의 전라도 방언)이 있을 것잉게."

죽어가는 마누라를 살리자면 춘석네가 가맛골을 떠야 했지만, 백정마을에 도망자가 생기면 온 고을이 쑥대밭이 될 것이었다. 그걸 생각하니 춘석네도 죄를 짓는 심정이라 이도 저도 못 한 채 시간만 흘러갔다. 끼리끼리 혼인하고, 한곳에서 평생을 살아야 한다는 백정이라는 족쇄를 찬 운명이 그리도 서러울 수가 없었다. 그러던 중 윤 대감의 교리를 듣게 되었던 거다.

"대부(大父)께서는 모든 이를 똑같이 사랑하십니다. 양반도 백정도 농민도 훈장도 모두 똑같은 인간입니다. 모두 그분의 제자가 될 수 있습니다. 가난하고 짐 진 자, 멍에 걸머진 자 모두 오세요. 여기 새로운 세상이 열리고 있어요."

춘석 아버지는 가슴이 벌렁거렸다. 자기 같은 백정도 받아주는 곳이 있다니 차오르는 기쁨을 표현할 길이 없었다. 춘석 어머니도 윤 대감의 설교에 빠져들었다. 자신의 비천함이 결코 자신의 죄가 아님을 깨

대장간 소녀와 수상한 추격자들

달아갔다. 저고리 끝자락에 인장처럼 붙여야만 하는 백정 여편네를 뜻하는 검정 깃도 이제는 부끄럽지 않았다. 어디선가 비천한 자기를 바라보고 지켜주는 분이 있음에 안심했다. 새롭게 시작할 수 있다는 희망이 용솟음쳤다.

그러던 중 춘석 아버지가 동네를 떠나고 싶어 한다는 소리가 들어가자 윤 대감은 그길로 곧 춘석 아버지를 만나자는 기별을 보냈다.

"춘석 아버지, 여기서 구만린데 한양으로 가 살 수 있겠소?"

"어데 사나 멸시받는 몸뗑이, 여그만 벗어날 수 있다면 수만 리라도 달려갈 것이구먼요."

"서학의 대가 정 대감을 알지요? 한양에 계신 그분이 무척 지치셨답니다. 서학교리 전파하랴 중국어 교리서를 언문으로 고쳐 쓰랴 눈코 뜰 새가 없는데, 신자들을 위해 명도회장 역할까지 하시느라 하루가 모자라십니다. 그분 옆에서 허드렛일을 도와줄 사람이 필요하다 해서요."

"윤 대감님, 지는 이름도 없는 천한 몸뗑이여요. 지를 도구로 써주신다는디 뭐신들 못 허겄어요?"

"춘석 아범은 심성 좋지, 건장하고 튼튼하니 뭘 못 하겠소. 능히 그분께 도움이 될 수 있을 듯하오."

"짐성보다 못한 지를 인간으로 대접해주시는 분 옆으로 갈 수 있는 것만 혀도 지는 영광이지라. 하늘이 무너져도 솟아날 구녁이 있다더니."

"이게 다 하늘의 뜻인 성싶소. 주변 사람들 모르게 어서 준비합시다."

윤 대감이 종이 한 장을 내밀었다.

"이거 정 대감 주소요. 떠나려고 생각했거든 한시바삐 출발하시오. 미적거리다가 괜히 떠나기도 전에 밀고가 들어갈 수도 있으니."

춘석 아버지는 무릎을 꿇은 채 윤 대감 손에 입을 맞추었다.

"이 넘치는 은혜를 워찌 갚어야 헐지 모르겠어요."

윤 대감은 그러지 말라며 자기 손을 옷소매 속에 감추었다.

"아니오, 내가 아니라 저 하늘에 계신 대부님께 갚아드리면 되오."

대장간에 잠시 정적이 흘렀다. 홍이 가만히 춘석의 손을 잡았다. 손을 쥔 홍은 가슴이 달아오르며 뜨거워졌다. 서로의 마음이 손바닥으로 전해졌다. 더 이상 춘석을 볼 수 없다는 생각에 가슴이 미어졌다. 상쇠가 둘 사이를 가르듯 입을 열었다.

"언지 떠날텨?"

"모레 당장 떠날 거구먼요. 우덜 같은 천민이 뭐시 더 필요허겄어요? 그냥 입은 옷 한 벌에 주먹밥 두어 쪽이면 감지덕지지라. 이리저리 쓸려가며 바람 부는 대로 가는 것이 지들 인생인디 갈 곳꺼정 정해졌으니 을매나 감사헌지 몰러요."

"그려, 어쩌튼 자네 뜻이 그렇다면 막을 수는 없네. 지발 무사허기만 빌어야제."

상쇠가 홍의 귀에 속삭였다.

대장간 소녀와 수상한 추격자들

"홍, 이 일은 절대 비밀이다."

홍은 말없이 고개만 끄덕였다.

"춘석 아부지, 뭔 일 있으믄 춘석이는 꼭 춘향골로 내려보내는 거여."

춘석 아버지가 고개를 숙였다. 상쇠는 춘석을, 춘석 어머니는 홍을 껴안았다. 홍은 얽힌 팔을 놓을 줄 몰랐다. 친어미와 헤어지는 듯 속이 미어졌다. 마석 영감이 책 한 권을 춘석에게 내밀었다. 춘석 혼자서 이걸 읽을 수 있을 날이 빨리 오면 좋겠다고 했다. 홍도 고개를 끄덕였다.

"춘석아, 잘 가."

홍이 춘석의 어깨에 손을 얹었다. 춘석은 눈물이 앞을 가려 땅만 내려다보았다.

"덩치가 산만 한 놈이 울긴. 어서 가라. 꼬리가 질면 잡히는 벱이여."

상쇠가 춘석의 등을 다독여주었다. 춘석은 아버지를 따라 발길을 돌리면서도 자꾸 뒤를 돌아보았다. 홍과 눈이 마주쳤다. 이제 다시는 못 볼지도 모른다 생각하니 춘석의 넓적한 어깨가 더 슬퍼 보였다. 춘석이가 가다 돌아서서 손을 흔들었다. 이내 춘석의 모습이 한 점으로 작아지자 상쇠가 침묵을 깼다.

"어르신, 춘석이도 얼렁 글을 깨쳐 새 시상을 맞이하면 을매나 좋을까요."

"그러게 말이네. 믿음직한 저 덩치 좀 보라카이. 양반이었으믄 천하를 호령하는 장수감잉기라."

홍은 가슴이 저렸다. 학당이 끝나면 춘석에게 읽는 법을 가르쳐주었는데 이젠 마지막이 되었다. 달무리가 선 듯 눈앞이 자꾸 흐릿해졌다. 그때 마석 영감이 밖을 내다보며 말했다.

"사람이란 이별을 겪으며 한 단계씩 성장하는 것잉기라."

홍은 속맘을 들킨 듯 얼굴이 붉어졌다.

"홍아, 여기 가마니 옆으로 불빛이 샌다. 좀 더 꽉 누르라, 일케."

홍은 떠들썩하게 벌어진 가마니를 눌러주었다. 그러다 거적때기의 지푸라기 올이 들어간 척 자꾸만 눈을 비볐다. 제법 차가운 바람이 흙바람을 일으켰다. 대장간 벽으로 낙엽 한 잎이 굴러들더니 '궁'의 배 위를 스쳐 지나갔다. 홍은 돌아서서 '궁'을 바라보며 중얼거렸다.

'이렇게 맘이 아픈디 어티게 성장한다는 걸까?'

그때 '궁'의 목소리가 들리는 듯했다.

「누님, 힘내소. 내도 힘든 담금질을 견뎌서 지금의 '궁'이 된 거여.」

홍은 고개를 끄덕이며 주먹을 불끈 쥐었다.

'그려도 이별은 너무 아파.'

그때 마석 영감의 목소리가 들려왔다.

"홍이 『주교요지』 다음 장을 소리 높여 읽어봐라."

'앗! 교리시간이었지.'

홍은 잡생각을 떨쳐버리듯 머리를 흔들었다. 이레에 한 번씩 열리는 교리반이 벌써 네 번째다. 누런 한지에 깨알같이 적힌 언문을 읽기

시작했다. 사람들도 호롱불도 방 안의 공기조차 흠씬 교리에 빠져들고
있었다.

“천지 만물이 제 몸 스스로 나는 일이 없어

초목은 열매 있어 씨를 전하고

짐승은 어미 있어 생겨나니

그 부모는 조부모에게로부터 나는지라.

차차 올라가면 분명히 시작하여 난 사람이 있을 것이니

이 사람을 뉘가 나았을고.

처음에 난 초목은 초목이 초목을 낳음이 아니오.

처음 난 짐승도 짐승이 짐승을 낳음이 아니라

초목과 짐승과 사람을 도모지 내신 이가 계시니

이 내신 이를 천주라 이르나니라.”

춘향 대장간 습격 사건

그날도 교리공부가 끝난 후 모두 돌아가자 마석 영감은 대장간에 남아 '궁'을 올려다보며 온 힘을 다해 빌었다. 상쇠도 홍도 엎드려 기를 합했다.

"비나이다, 비나이다, 신령님께 비나이다. 조선이 혼란에 빠진 이 때 '궁'이 부디 훌륭한 장수의 손에서 왜구를 막는 방패 되게 해주소서."

파란빛이 시퍼렇게 변하더니 그 빛이 '궁'의 배를 타고 손잡이까지 퍼져나갔다. 이어 그 빛이 비상하여 대장간을 감싸고 지붕 위로 솟구쳤다. 그걸 본 마석 영감은 대장간에 분명 상서로운 징조라면서도 주의를 줬다.

대장간 소녀와 수상한 추격자들

"상쇠, 이보게. 조정에서 칼을 거두고 다닌다는 소문이 돌아. 어찌나 사람들 목을 쳐대는지 망나니들 칼이 모자란다카이. 지방 곳곳으로 칼을 구하러 손을 뻗치고 있다능기라."

상쇠가 고개를 끄덕이며 말했다.

"인자 대장간 하기도 점점 더 힘든 시상이 되어가네요."

"과거 본다고 한양을 들락거리는 사또 아들이 남원에 영험한(신기하고 영묘한 힘이 있는) 칼이 있다고 한양까지 떠들고 다녔다카드라."

그 소리에 홍은 학당에서 들은 병서 이야기가 떠올랐다. 사또는 아들인 병서에게 문관 과거 공부를 하라고 밀어붙이는데도 병서는 무관이 되겠다며 고집을 피웠다. 사방팔방으로 칼을 모으러 다닌다는 소문도 파다했다. 언젠가는 화엄사 스님에게 검술을 배우러 갔다가 아버지에게 들켜 난리가 났다고도 했다. 그러니 병서가 지척에 있는 '궁'에 눈독을 들이고 있을지도 몰랐다. 마석 영감은 대장간을 나서면서 다시 '궁'을 올려다보았다.

"우짜든지 '궁'을 잘 지켜야 하능기라."

마석 영감의 발걸음 소리가 멀어져 갔다. 상쇠는 불씨가 남은 화로를 정리하고 홍은 밖을 내다보았다. 은색 달빛이 싸라기눈처럼 차갑게 흘러내렸다. 홍은 부르르 떨며 '궁' 쪽으로 눈을 돌렸다. '궁'도 은은한 하얀 빛을 뿜어내고 있었다.

"'궁', 잘 자."

홍은 육중하지만 날카로운 '궁'의 배를 따라 쓰다듬어 내려갔다. 그런데 미끈하면서도 차가운 쇠붙이를 만진 듯 온몸이 떨렸다. 여느 때와 다른 이런 느낌은 어쩌면 춘석이 떠난 후 홍의 맘속에 생긴 공허 때문일지도 몰랐다.

홍은 심지가 약해져 가는 호롱불을 눌러서 껐다. 문을 닫고 나가려다 어둠 속에 서 있는 '궁'을 재차 올려다보더니, 이윽고 뭔가 결심한 듯 대장간 문을 다부지게 닫고 골목길로 나섰다.

덜컹거리는 상쇠 아제의 의자 소리가 멀어지자 '궁'은 주위를 둘러보았다. 이제 대장간의 시간이다. 벽 옆에 나란히 기대 놓은 낫, 호미, 삽 같은 농기구들과 말발굽에 채워질 편자, 가맛골에서 주문한 식칼은 언제 보아도 눈에 익은 친구들이다. 쇠붙이끼리 지내는 대장간의 밤은 단란하면서도 설렘 같은 게 맴돌았다.

오늘 밤도 홍 누님이 낮은 소리로『주교요지』를 읽자 사람들은 감동해서 울먹였었다. 그러는 사람들 얼굴이 비장하기까지 했다. 그들은 밤마다 조용히 공부하고 바쁘게 움직였다. '궁'도 오늘따라 불안한 마음에 휩싸인 채 자신도 모르는 사이에 기를 넣고 있었다.

「무신 일이 닥쳐도 나는 의롭게 쓰인다, 쓰인다.」

밤이 깊어가는 시각 어디선가 덜컹 마차 구르는 소리가 들렸다. '궁'은 설마 잘못 들은 거라며 도리질을 했다. 그때 다시 문밖이 시끌벅적하더니 사람들 발걸음 소리가 타닥거렸다. 사람들 비명소리, 마차 덜

그럭거리는 소리, 히힝 말 우는 소리로 바깥은 곧 난장판이 되었다. 대장간 밖으로 귀를 기울이던 '궁'은 발끝에 힘을 주었다.

「당황하지 말자. 이럴수록 차분혀야 써.」

갑자기 나무문짝 틈새로 불빛이 쏴 새어들었다.

"대장간지기 나오너라!"

굵고 거친 목소리가 문밖에서 호령하고 있었다. '궁'은 온몸이 얼어붙는 것만 같았다. 상쇠 아제는 골목 끝 안채에서 곤한 잠을 자고 있을 것이다.

「그 날강도 같다던 조정 사람들일까?」

「도적이믄 그냥 원하는 걸 훔쳐 달아나면 될 틴디, 왜 상쇠 아제를 찾는 거여?」

'궁'은 세상에 나와 한 번도 싸움터에 나가본 적이 없었다. 아니 싸움터는 고사하고 문밖에도 못 나가봤다. 그렇지만 배를 내밀며 가슴을 폈다. 디디고 선 칼끝에 온 힘을 실어가며, 무슨 일이 있어도 상쇠 아제와 대장간을 지켜야 한다고 다짐했다. 그때 갑자기 문이 부서지듯 다시 쿵쾅거렸다.

"대장간이 빈 것 같습니다!"

"대장장이를 데려와라! 당장 대장장이 놈 집을 찾아!"

"따로 안채가 있답니다. 저쪽입니다."

"그쪽으로 가자!"

왁자지껄한 소리와 함께 우르르 몰려가는 발걸음 소리가 울렸다. 히힝거리는 말 울음소리까지 멀어지자 주위는 죽은 듯 고요해졌다. '궁'은 잠깐 숨을 돌렸다. 그도 잠시, 사람들이 몰려오는 소리와 바퀴 구르는 소리가 다시 다가왔다.

「아, 상쇠 아제의 바퀴의자 소리다!」

'궁'은 그제야 마음이 놓였다. 항상 달그락거리는 바퀴 소리와 홍의 가쁜 숨소리로 대장간의 아침이 시작되곤 했었다.

"바로 열지 않으면 대장간을 쳐부수고 말겠다!"

짐승처럼 포효하는 소리가 들렸다.

"저 굼벵이 녀석을 당장 끌고 와. 시간이 없다. 우리는 오늘 밤 다시 한양으로 돌아가야 한다!"

바퀴 구르는 소리가 멈추고 씩씩거리는 소리가 빗장 사이로 새어들었다. '궁'은 눈을 감고 귀를 기울였다. 홍의 숨 가쁜 소리와 함께 대장간의 빗장이 열렸다. 이윽고 장정들이 밀물처럼 밀려왔다. 시끄러운 소리에 선잠을 깬 골목 사람들도 무슨 일인가 싶어 하나둘 모여들었다.

"빨리 불을 켜!"

누군가가 호통을 쳤다.

어둠 속을 더듬거리며 호롱불을 밝히는 홍 누님이 희미한 빛 속에서 떨고 있었다. 불빛에 비친 군졸들의 그림자가 길쭉한 괴물 같았다. 희미한 빛 속에서도 울긋불긋한 도포가 보였다. 옆구리에 차고 있는 칼이 씨받이 옥수수처럼 덜렁거렸다. 엿가락 같은 수염을 말아 올리며 서 있던 군졸이 혀를 찼다.

대장간 소녀와 수상한 추격자들

"쯧쯧, 이 대장간은 작년 내내 조정에 칼을 한 자루도 상납하지 않았군."

대장간 한가운데 선 그가 종이책 같은 것을 흔들어댔다. 누군가가 "대장이다. 저건 공납내역 장부책이여"라고 수군거렸다.

"이곳은 가야제국의 피가 흐르는 곳이다. 임금님의 총애로 이런 명당자리에서 검을 만드는 자가 어찌 사리사욕을 챙기고 있는가?"

'궁'은 벽에다 등을 꼿꼿이 붙이고 온 힘을 다해 다리에 힘을 주었다. 그리고 주위를 둘러보았다. 대장간 전체가 죄라도 지은 듯 싸늘하고 조용했다. 앉은뱅이 의자에 달라붙어 앉아있는 상쇠 아제의 어깨 근육만 벌떡거렸다. 곧 아제의 씩씩거리는 숨소리가 쥐죽은 듯한 대장간을 울리기 시작했다. 대장이 약이 오른 듯 소리쳤다.

"죄를 지은 주제에 씩씩거린다?"

대장은 묵묵부답인 대장장이의 의자를 발로 걸어찼다. 앉은뱅이 의자가 드르륵 구르자 홍이 정신없이 달려 의자와 함께 굴러가 반쯤 기울어진 아버지의 몸을 얼른 안았다. 대장이 도포를 펄럭이며 다가왔다.

"소문난 잔칫집에 별 볼 일 없구나! 한양까지 소문난 그 남원칼을 당장 내놓아라!"

홍이 씩씩거리며 아버지를 일으켜 앉혔다.

"네 녀석이 대장장이 아들이렷다?"

"흐흑, 울 아부지에게 손대지 마욧!"

홍이 대장을 계속 노려보았다.

"허, 감히 눈을 치뜨고 바라봐? 역시 근본 없는 것들은 방법이 없군."

군졸이 갑자기 홍의 턱을 받쳐 들더니 빤히 들여다봤다. 그의 술기운이 홍의 얼굴 위로 확 쏟아졌다. 홍이 뿌리치며 고개를 뒤로 돌렸다. 대장은 손목이 비틀어지면서도 홍의 턱을 놓지 않았다. 손아귀에 점점 힘을 가했다.

"허, 요놈 곱상한데? 가지고 놀만 하겠다."

대장이 홍의 턱을 거칠게 끌어당겼다.

"당장 아이한테서 손 치우시오!"

홍의 아버지인 상쇠가 고함을 질렀다.

"그놈 소리 한번 크다. 아이고, 지렁이도 밟으니 꿈틀하는구나!"

대장이 다시 홍의 턱을 잡아끌었다. 홍은 끌려가지 않으려고 용을 썼다.

"요놈 봐라. 제법 힘이 센데?"

대장이 다시 홍의 얼굴에 시큼한 술 냄새를 품어댔다. 어느새 턱수염이 홍의 볼에 닿았다. 홍은 엉겁결에 턱수염에 침을 뱉으며 따귀를 한 대 올려붙였다. 볼을 부여잡은 대장이 씩씩거리며 홍에게 달려들었다. 뺨을 두어 번 내려치자 홍의 고개가 돌아갔다. 균형을 잃고 비틀거리는데 대장이 다른 군졸에게 턱짓으로 신호를 보냈다.

군졸들이 슬금슬금 다가갔다. 홍은 옹크린 채 조금씩 뒷걸음질쳤지만 좁은 대장간 안이라 금세 벽에 닿았다. 더 이상 도망갈 곳이 없어 망설이는 그 순간 시퍼런 검광이 홍을 감쌌다.

「나쁜 놈, 홍 누임에게 저런 짓거리를 허다니. 이건 의가 아니지, 의가 아니여!」

'궁'이 주먹을 쥐고 기를 넣기 시작했다. 한 줄기 빛이 서서히 나오더니 시퍼런 광선 다발로 변했다. 파란 빛다발 가운데 싸인 홍은 빛을 뿜어대는 돌부처 같았다. 시퍼런 섬광이 쏟아져 나오자 군졸들은 눈이 부셔 아예 고개를 옆구리에 파묻거나 팔을 들어 빛을 막느라 우왕좌왕 난리였다.

"저, 저 어린놈이 사악한 마술을 부려!"

"와! 저놈이 돌부처로 변했다."

"이곳이 신검이 있는 대장간이라더니 정말이네! 으윽, 내 눈, 눈이 멀겠다!"

군졸들이 눈을 가린 채 쥐새끼들처럼 구석으로 몰려갔다. 홍은 '궁'을 향해 돌아서서 속삭였다.

"'궁', 장허다 장혀. 드디어 해냈네."

「홍 누임, 난 해야 할 일을 했을 뿐이요.」

'궁'도 처음 신기(神技)를 발휘하는 터라 많이 당황하고 걱정했다. 그러나 위기의 순간 상쇠 아제의 말을 생각하며 힘을 모았다.

"꼭 칼을 휘두르고 심을 써야 상대를 제압하는 게 아녀. 온 정성을 다해 기를 모으면 그것만으로 상대를 넘어뜨릴 수 있지. 젤루 중요한 건 맴이여. 어데고 무슨 일이고 간절히 맴을 쏟아부으면 시상 천지에 못 헐 일이 없는 것잉게."

이곳저곳 흩어져 비실거리는 군졸들이 볼만했다. 갓을 바닥에 처박은 놈, 도포자락을 얼굴에 뒤집어쓴 놈, 가랑이를 벌린 채 양다리를 하늘로 쳐든 놈 등 각양각색이었다. 대장간이 물을 뒤집어쓴 듯 잠잠해졌다. 잠시 후 '궁'은 제 몸에서 서서히 푸른빛이 사라지는 게 느껴졌다. 이제 본래 모습으로 돌아가야 한다.

「휴, 위기는 넘겼어! 어쩌튼 암도 나를 눈치채지 못해서 다행이다.」

홍은 어서 아버지를 일으키고 싶었다. 그러나 아버지에게 가려면 군졸들을 몇 놈이나 건너가야만 했다. 널브러진 군졸을 하나하나 노려보았다.

'아부지, 쪼께만 참으셔요.'

홍이 기다시피 도적 사이를 돌아가 아버지를 일으켜 앉혔다. 경황 중에도 상쇠는 놈들에게 맞은 딸의 볼을 만져주었다. 홍은 아버지를 안은 채 구석의 도적들을 노려보았다.

"백성이 나라요, 백성 없는 나라는 나라가 될 수 읎다 혔어요. 심이 없는 백성을 얕잡아 주무르는 나라는 반다시 망허고 말 거랑게요!"

군졸들이 부스럭거리며 일어섰다.

"쯧쯧, 저 어린놈이 조선이 망하기를 바라는 눈치네."

"역적 놈이 따로 없는데?"

"역적이 뉘디요? 한 번 재보시잖게요!"

약간의 여유를 찾은 홍은 서서히 옷을 내려다보다가 옷고름이 떨어져 나간 저고리깃을 여미었다. 큼직한 남장 저고리 안쪽에 여자 저고리 한 벌을 더 입은 게 천만다행이었다. 홍은 안도의 숨을 쉬며 놀란 가슴을 쓸어내렸다.

"쯧쯧, 고놈 참 맹랑하네. 우리 검돌이보다 나잇살은 좀 들어 뵌다마는."

하얀 바지저고리 차림의 더벅머리 남자가 말했다.

위기일발

그 남자는 군졸과 달리 허름한 바지저고리를 입고 있었다. 춘향골 사람은 아닌 듯 더벅머리를 풀어 헤친 데다가 흰색 옷이 잿빛으로 변한 것이 어디 흙밭에서 굴렀을까도 싶고, 상투가 풀려 지저분한 갈기머리는 영락없는 미치광이 같았다. 추운 날씨에도 저고리 소매 한쪽은 팔뚝까지, 바짓가랑이 한쪽은 장딴지까지 말려 올라간 게 보였다. 그러나 그의 눈에서는 이상하리만치 비상한 기운이 흘러나왔다.

'저 사람 예사롭지 않네. 뭔가 눈빛이 다른 도적들과는 달라.'

홍은 눈을 깜박이며 그 더벅머리를 유심히 쳐다보았다. 그때 군졸대장이 고함을 치며 다가왔다.

"너 이놈, 우리를 홀려 쓰러뜨리더니 이제 휘광이까지 홀리려 하느냐? 저자는 망나니라 쉽지 않을걸!"

홍은 다시 뒷걸음질을 쳤다. 갑자기 머리가 띵해졌다. 산발한 채 맨발로 사형장을 누빈다는 망나니, 술을 입으로 품어대며 칼을 휘둘러 역적이나 죄인의 목을 베는 사람이라는 얘기를 들은 적이 있다. 저 망나니의 이름이 '휘광'인 모양이었다.

다시 대장의 호령이 들려왔다.

"이놈! 네 애비가 만든 칼을 다 내놓아라."

홍은 입을 꼭 다문 채 고개만 흔들었다. 슬그머니 돌아보니 '궁'의 푸른빛이 가시며 어둠 속에 묻혔다. 홍은 안도의 숨을 내쉬었다.

"'궁', 절대로 너를 놈들에게 뺏길 순 없어."

'궁'도 불끈 허리를 곧추세우며 속삭였다.

「안되고말고. 백성들 고혈을 짜내는 저놈들 손에 넘어갈 수는 없지!」

군졸들은 서로 시시덕거렸다.

"저것 봐. 저놈이 혼잣말하는 꼬락서니를 보면 틀림없이 미친 거다."

"아냐, 귀신 들린 것 같은데?"

이제야 고을 사람들의 웅성거리는 소리가 들려왔다. 대장간 밖에서 고개를 들이밀고 응원하다가 안으로 밀려들어 온 것이다. 춘향 대장간이 역시 춘향골의 보배라며 수군댔다. 그제야 정신이 돌아온 군졸들은 구석구석 대장간을 뒤지기 시작했다. 칼을 찾아내려는 심산이었다. 농기구가 발에 치이면 그것들을 모두 구석으로 던져버렸다. 동네 사람들은 그때마다 "아까운 것을"이라며 비명을 질렀다.

그들은 결국 보자기에 말아둔 식칼들까지 찾아냈다. 가맛골에서 백정들이 쓸 고기용 칼로 단체 주문한 식칼이었다. 군졸들은 그걸 꺼내 거적때기에 둘둘 말았다. 그 꼴을 지켜보던 마석 영감이 나섰다.

"이보시오. 아무리 그리도 조정에서 식칼이 필요하답니꺼? 그건 우리 같은 사람들이 목구녕에 밥 넘기는 데 필요한 거라요. 지발 그것만은 안 된다카이."

대장이 너털웃음을 지었다.

"허허, 그 칼이 영감 칼도 아니면서 무슨!"

"당신들은 부모도 가족도 없는 사람들이오?"

군졸들은 마석 영감의 애원에도 아랑곳하지 않았다. 휘파람까지 불어가며 칼이며 연장까지 하나도 빠짐없이 챙겨 넣었다. 갑자기 대장이 소리쳤다.

"잠깐! 아무리 그래도 조정에서 나온 우리가 그렇게 다 싹쓸이하면 체통이 안 서지. 식도는 두고 가야 고기도 얻어먹을 것 아닌가."

이렇게 인심을 쓰는 대장의 속셈은 다른 데 있었다. 칼에 대한 미련을 못 버린 채 상쇠를 한 번 더 구슬려볼까 생각 중이었다. 그러나 대장장이를 잘못 건드렸다가 화를 입을 수도 있다는 생각도 들었다. 요즘 서학 물결로 천한 것들이 작당해 생떼를 쓰는 일이 허다해서다. 더구나 천주쟁이들이 순교라는 명목하에 제 목숨을 초개(草芥: 풀과 티끌, 흔히 지푸라기를 일컬음. 쓸모없는 하찮은 것의 비유)처럼 버리고 있지 않은가 말이다.

대장간 소녀와 수상한 추격자들

"으하하하!"

갑작스러운 너털웃음에 그는 정신이 돌아왔다.

"뭐냐?"

"으하하하, 나으리! 남원칼을 찾았습니다!"

더벅머리 휘광이 벽 위쪽을 손가락질하며 낄낄거렸다.

"흐흐, 저 위에 매달아 감쪽같이 우리 눈을 속이다니!"

군졸들이 함성을 질렀다. 휘광이 소리를 제지했다.

"쉿, 잠깐만. 저건 기가 살아있는 칼 같은데. 은은하면서도 날카로운 검기가 주위를 떨게 하는뎁쇼?"

'궁'과 홍은 사지가 벌벌 떨렸다. 상쇠가 애원했다.

"안 됩니다. 지발 그 칼만은."

군졸 대장이 소리쳤다.

"저런 보검을 숨겨두고 상납하지 않는 자야말로 조선의 역적이다!"

"진짜 역적이 뉜디요?"

홍이 벽을 등지고 선 채 악을 썼다.

"무식하면 용감하다는 말이 역시 진리네. 저 어린놈이 깝신대는 꼬락서니라니!"

대장은 정신 나간 녀석 말에 신경 쓰지 말라고 했다.

"그래, 다 시운(時運: 맞는 시대나 그때그때의 운)이라는 게 있지. 어쩐지 어젯밤 꿈이 좋았어. 어서 칼을 내려라."

군졸 두어 명이 나섰다. 발판을 갖다 놓고 칼을 내리려고 온 힘을 다

쏟았으나 칼은 꿈쩍도 하지 않았다. '궁'은 허리를 세우고 상쇠 아제를 생각했다.

「지금이야말로 기(氣)를 넣어야 할 때다. 헙!」

'궁'은 젖 먹던 힘까지 발휘하여 서 있는 자리에 하반신을 내리꽂았다.

"아니, 무슨 놈의 칼이 이렇게 무거워? 꿈쩍도 안 하네."

'궁'을 잡아 내리던 군졸들이 지쳐서 투덜댔다. 그러면 그럴수록 '궁'은 더 힘을 주었다. 마침내 칼자루를 잡아당기던 군졸들이 뒤로 나자빠지고 말았다. 귀신 붙은 칼이 틀림없다며 비실댔다. 그 꼬락서니를 지켜보던 더벅머리가 회심의 미소를 지었다.

'와! 일이 제법 재미있게 돌아가는데? 저렇게 신통력 있어 뵈는 칼은 난생 첨이야.'

그때 대장이 호령했다.

"저런 고집쟁이 칼은 칼을 쓸 휘광이한테 맡겨라!"

휘광은 아차 싶었다. 그냥 가도 그만이었는데 칼이 있다며 오두방정을 떨고 말았다. 참새가 방앗간 앞을 그냥 못 지나친다더니 한숨이 나왔다. 넋을 놓고 서 있는데 대장이 다시 소리쳤다.

"염불 그만하고 빨리 칼을 내려라!"

휘광이 결심한 듯 '궁' 앞으로 다가갔다. 그 순간 날쌘 짐승처럼 뭔가가 뛰어들었다. 두 팔을 벌린 채 '궁'을 막아선 것은 바로 홍이었다. 휘광은 홍을 젖히고 '궁'을 잡아채려 했으나 놓쳤다. 그 순간 잔뜩 기를 넣고 있던 '궁'이 중얼거렸다.

대장간 소녀와 수상한 추격자들

「남의 목을 치는 놈이라고? 그럼 나는 버티기 전법이다!」

휘광이 진땀을 흘리며 칼의 손잡이를 쥐려 해도 좀체 쥐어지지 않았다. 그때 홍의 날렵한 발차기가 휘광의 팔을 밀어버렸고, 그 바람에 칼이 쨍그랑거리며 바닥에 떨어졌다. 순식간의 일이었다. 휘광이 빈손을 허공에 허우적거리자 대장이 소리쳤다.

"저, 저런 병신을 봤나. 냉큼 칼을 집어라!"

대장 말이 끝나기도 전에 홍과 휘광이 동시에 '궁'을 향해 몸을 날렸다. 날쌘 홍이 먼저 칼을 집었다. 휘광이 달려들자 홍은 칼을 들어 올려 내리쳤다. 휘광은 칼을 피해 노련하게 물러섰다.

"저런 어린놈에게 칼을 빼앗기다니, 바보 같은 놈!"

대장이 주먹을 움켜쥐며 으르렁거렸다.

"모두 저 애송이 녀석에게 달라붙어라!"

군졸들이 홍을 가운데 두고 둘러쌌다. 그러나 시퍼렇게 날이 선 칼을 치켜든 홍에게 함부로 덤벼들지는 못했다. 홍은 죽기 살기로 '궁'을 쥔 손을 놓지 않았다. 그 순간 대장이 휘광을 뒤에서 밀어붙였다.

"비싼 술 먹여 데려왔으니 써먹어야지. 애송이에게 덤벼라!"

엉겁결에 밀려간 휘광이 몸을 낮춰 홍의 허리를 잡아 불끈 들어 올렸다. 홍이 긴 칼을 쥔 채 공중에서 흔들거렸다.

"와! 통째로 다 잡았다! 꿩 먹고 알 먹고."

군졸들이 손뼉을 치며 휘광을 둘러쌌다. 휘광이 한 번 더 홍을 공중에 내돌리자 홍의 팔이 칼의 무게를 못 견디고 점점 처졌다. 홍이 공중에서 안간힘을 쓰며 칼을 들어 올렸다. 그러다 칼을 내리치려는 순간 멈칫했다. 아버지 말씀이 떠올라서다.

"안 된다. 칼은 다룰 줄 아는 사람이 다뤄야 혀. 사람을 죽이는 칼이 아니라 사람을 살리는 칼이 되어야 헌다."

그 순간 휘광이 홍의 팔을 잡아챘다. 칼이 공중에서 크게 휘청거렸다. 홍은 손목에 더 힘을 주었지만 어느새 손아귀에서 점점 힘이 빠져나갔다. 칼이 푹 처지는 순간 휘광이 번개처럼 홍의 손목을 비틀어 바닥에 칼을 세웠다. 산발한 더벅머리 갈기가 홍의 얼굴 위로 쏟아졌다. 눈 깜짝할 새 '궁'은 휘광의 손으로 들어갔다. 휘광은 그 칼을 높이 치켜들었다. 군졸들이 우우 함성을 질렀다. 대장이 나서며 으르렁거렸다.

"아무도 칼에 손대지 마라! 내가 수령(受領)하겠다."

그가 공중에 주머니를 흔들어댔다.

"백성들아, 이거 보이지? 이게 뭔지 알겠어?"

엽전이 쨍그랑거리는 소리가 들렸다.

"자, 칼값이다! 우리 조선 조정은 정당한 거래만 하는 양반들이다!"

그는 엽전 몇 냥을 땅바닥에 뿌렸다. 사람들 눈길이 엽전을 따라갔다. 대장은 양반이 양반값을 하는 거라며, 어전에서 하사하시는 돈이라고 소리를 질렀다.

엽전이 상쇠 아제의 의자에 부딪혀 굴러갔다. 상쇠 아제의 얼굴이 붉으락푸르락 사색이 되었다. 홍은 엽전을 얼른 발로 눌러 잡았다. 사람들은 대장이 높이 쳐든 칼에만 관심이 쏠려있었다.

대장간 소녀와 수상한 추격자들

"저 보검의 칼집도 챙겨라!"

대장이 칼집에 칼을 끼우는 순간 모두 숨을 죽였다. 대장은 한 번 더 칼집을 누르며 승리의 미소를 지었다.

"자, 어서 마차로 가자!"

휘광이 소리쳤다.

"나리, 감사합니다. 덕분에 진짜배기 좋은 칼을 구했습니다."

대장간 밖으로 나온 대장이 군졸들을 돌아보며 말했다.

"내일은 나라 전체를 아우르는 중요한 처형 집행일이 아닌가. 관가에서 엄청나게 많은 처형용 칼이 필요하다는 전갈을 받았지. 조정에서 칼이 필요한 것처럼 속여 보검까지 얻었으니 이제 우리의 임무는 끝난 거다."

"와우, 한잔 걸쳐야겠지요?"

군졸들이 신이나 마차로 달려갔다. 상쇠 아제가 그들 뒤에서 목 놓아 '궁'을 불렀다.

"'궁', 안 돼!"

'궁'도 스스로 기를 넣으려 안간힘을 써보았으나 꼼짝할 수가 없었다. 바깥 기운을 쐬어야만 힘을 발휘할 수 있다던 상쇠 아제의 말이 생각났다. 칼집 속에서 '궁'은 풀이 죽었다.

잠시 후 대장이 마차 뒤에 칼을 싣는 순간이었다. '궁'은 필사적으로 온몸의 날을 세우고 기를 모았다. 지성이면 감천(정성이 가득하면 하늘도 감동한다는 속담으로, 최선을 다해 열심히 하면 어려운 일도 해낼 수 있다는 뜻)이라 했던가. 그 순간 '궁'이 마차 모서리에 걸리며 칼집이 툭 튕겨 나갔다. 뒤쫓아 오는 홍 누님이 보이자 '궁'은 더욱 기를 모으기 시작했다.

칼에서 시퍼런 빛이 조금씩 일다가 푸른 섬광이 다발로 뻗쳐 나갔다. 군졸들은 눈이 부셨다. 팔로 빛을 막으며 우왕좌왕하는 순간 홍이 짐마차로 뛰어올랐다. 얼마 후 섬광이 사라졌고, 그제야 군졸들은 겨우 칼집을 짐칸에 던져 넣을 수 있었다.

마차가 움직이기 시작했다. '궁'은 옆에 홍 누님이 있는 듯해 안심했다. 홍이 옹크린 몸을 펴며 '궁' 옆으로 다리를 뻗었다. 양쪽에 쌓인 짐은 여기저기서 수탈했을 법한 짐짝들이었다. 그 속에 숨을 수 있다고 생각하니 맘이 편해졌다. 한양까지 몇 날 며칠이 걸릴지 모르는데 넓은 짐마차가 고마울 따름이었다.

마차 세 대가 어둠을 뚫고 차가운 새벽공기 속을 달렸다. 울퉁불퉁한 마을길을 지나 황량한 들판을 횡단했다. 녹았던 살얼음이 낀 호수를 건너고 검은 숲길을 스쳐 지나갔다. 잠에 취한 시커먼 능선 위로 하염없이 달렸다. 그러다 갑작스러운 대장의 외침에 모두 졸음에서 깨어났다.

"지금 지나는 곳은 임실 사선대다. 선녀 네 명이 하늘에서 내려와 함께 놀던 곳이라지. 술 한 잔씩 걸치면 선녀를 안아볼 수 있을지도 모르니 잠깐 들러갈까."

휘광은 듣지 못한 척 어두운 숲만 바라보았다. 아까 그 남원칼을 찾아낸 게 영 꺼림칙했다. 예사 칼이 아닌 듯 자꾸 죄를 지은 느낌이 드는

대장간 소녀와 수상한 추격자들

건 왠지 모르겠다. 이런 느낌은 망나니 생활 20여 년 만에 처음이었다.

이윽고 마차가 사선대 앞에 섰다. 물가에 서 있는 검푸른 나무 군락이 막 찐 시퍼런 모싯잎 개떡처럼 반질반질 윤이 났다. 달빛 아래 유유히 흐르는 물결은 은빛주단 위로 백사가 미끄러져 가는 듯 두렵기조차 했다.

"자, 남원 명품 아니 조선의 보검을 건졌으니 한 잔씩 걸쳐야겠지?"

대장이 술항아리를 높이 쳐들었다. 곤드레만드레 술에 취한 도적들의 취기가 검은 숲에 퍼졌다.

"칼 도적, 산 도적, 선녀 도적. 이놈의 나라는 도적 천지네."

홍이 중얼거리며 '궁' 옆으로 돌아누웠다. 술자리 후 다시 움직이던 마차가 덜컹 멈춰 섰다. 마부가 말고삐를 죄더니 소리쳤다.

"대장님, 전주 주막에 거의 다 와 갑니다."

"거기서 눈이라도 잠깐 붙이자."

휘광은 멍하니 어둠 속을 바라보았다. 교교히 흐르는 전주천을 굽어보는 한벽루가 귀신에 씐 동장군처럼 서 있었다. 유난히 차가운 강바람이 올라와 불현듯 사지(四肢)가 떨렸다.

겨룩기, 무엇이 외로운가?

'궁'은 어디론가 옮겨지는 느낌에 퍼뜩 깨어났다. 사방으로 머리를 돌려도 깜깜한 벽뿐이다. 이미 홍 누님도 안 보였다.

곰곰이 더듬어보니 한벽루 운운하는 소리가 들렸던 것 같다. 그러다 고단했는지 덜컹거리는 마차에서 다시 잠에 떨어졌다. 어렴풋이 물이 보인다 싶었는데 나룻배를 옆에 끼고 내달렸던 기억도 난다. 바깥세상 첫나들이가 멋질 줄 알았는데 이렇게 무섭게 끝나고 말았다.

「나를 어전에 상납하느니 뭐니 떠들더니 여그가 궁궐 창고라도 된단 말이여?」

'궁'은 다시 눈을 비볐지만 한 치 앞도 보이지 않았다. 판자벽 사이로, 바늘에 찔려 경기 들린 아기 울음소리처럼 바람이 자지러지게 울

대장간 소녀와 수상한 추격자들

고 갔다. 이어 상여(喪輿) 곡소린가 싶더니 꽹과리 소리, 북소리 같은 게 쟁쟁거렸다. 그 순간 '궁' 앞에서 부스럭거리는 소리를 내며 희끗한 뭔가가 움직였다. '궁'은 등을 세우고 아랫배에 힘을 주며 마음을 가다듬었다.

「정신을 똑바로 챙겨야 산다!」

'궁'은 눈을 부릅떴다. 불현듯 대장간에서 들었던 말이 떠올랐다. 원통하게 죽은 이의 혼령은 하얀 옷을 입고 배회한다던가. 저 희끗한 허수아비 같은 건 그렇게 떠다니는 혼일지도 모른다. 그 혼에게서 나는 지독한 술 냄새가 코를 찔렀다. 어라? 어디선가 본 듯한 모습이다. 눈을 비비며 다시 혼령을 노려보았다.

「앗, 춘향 대장간에서 나를 찾아낸 망나니 아녀?」

'궁'의 기억을 끄집어내듯 더벅머리 휘광이 덩실덩실 춤을 추며 다가왔다. 희미한 어둠 속에서도 눈빛이 여우처럼 빛났다.

"에잇!"

더벅머리가 갑자기 소리치며 달려들었다. '궁'은 엉겁결에 벽에 질끈 달라붙었다. 애쓴 보람도 없이 그는 단번에 '궁'의 손잡이를 그러쥐었다. 문을 박차고 나가더니 맘껏 휘두르기 시작했다. 쌩쌩 차가운 새벽공기가 '궁'의 등을 쓸고 갔다. 그건 상쾌하고도 위협적이었다. '궁'은 두려움이 앞섰으나 기분이 그리 나쁘지는 않았다. 난생처음 마시는 한양의 공기는 비릿하고 구렸다. 대장간에서 꿈꾸었던 영산포구의 풋풋하고 푸른 바다 냄새는 아니었다.

「나는 지금쯤 조선을 지키는 장수와 함께 포구를 지키고 있어야 헐 몸띵인디.」

어디선가 회오리바람이 끼익하는 쇠줄 소리를 몰고 왔다. '궁'의 눈 앞에 '대역죄인 처형장'이라는 팻말이 보였다. 그렇다면 이곳이 천하에 악명 높은 피밭인 게 분명했다. 대장간에서 사람들이 겁에 질려 수군대던 그곳 말이다. 갑자기 '궁'의 생각을 자르듯 더벅머리가 외쳤다.

"와, 멋져! 이 정도 칼이면 단칼에 목이 달아나겠어. 하지만 피밭에서 쓰기에는 너무 아까운걸!"

'궁'도 한숨을 내쉬었다.

「아, 처형용 칼이 턱없이 부족하다더니 영산포구에 가기도 전에 망나니 칼로 전락하고 말았구나.」

더벅머리는 '궁'을 이 손 저 손으로 옮겨 들며 호령을 해댔다. 찌르는 시늉을 하다가 칼을 다시 땅바닥에 꽂고 지껄였다.

"묵직한 무게감에 잘 연마된 배때기가 천하를 주름잡겠어."

더벅머리는 고개를 끄덕였다. 나이 들어 퇴역하니 할 수 있는 게 칼질뿐이라 피밭에서 일하는 게 감지덕지라며 중얼거렸다. 그나마 늘그막에 검돌이 녀석까지 얻은 건 조상의 음덕이었다. 그런데 아무리 봐도 이 칼이 결코 사사로운 참수에 쓰일 칼은 아닌 듯했다. 칼의 등을 몇 번씩이나 쓸어보았다.

"흐흑, 날이 밝으면 너와 함께 무수한 죄 없는 사람들 목을 치겠구나."

그는 흐느끼다 낄낄거리다 멍하니 서 있었다. 그러다 곧 '궁'을 벽에 걸고 서둘러 나갔다. '궁'은 정신을 차리자고 중얼거리며 문틈을 노려보았다. 그 사이로 부연 새벽안개에 싸인 들판이 보였다. 군데군데 얼음장인지 은빛 강물인지 뿌연 수증기가 솟아올랐다. 그 속에서 뭔가 흐릿한 것이 움직이는 것 같았다. 그러면서 '궁'은 서서히 잠 속으로 빠져들었다.

하얀 치마를 펄럭이며 도망가는 여자 품속에서 남자아이가 자지러지게 울고 있다. 털북숭이 왜구가 여자를 덮치고 아이는 혼자 어디론가 달려간다. 한참 후 아이는 나무에 매달려 대롱거리는 엄마를 보고는 나무 밑에 쓰러지고 만다.

'궁'은 멍하니 서서 아이를 달래다 쾅쾅 소리에 놀라 불현듯 깨어났다. 생시인 듯 또 그런 꿈을 꾸다니! 제풀에 겨워 부르르 떨며 주위를 바라보았다. 사방에서 부스럭거리는 소리가 들렸다. 고개를 돌리니 벽마다 칼들이 깨어난 듯했다.

「뭔 일이여? 아츰부터.」

「저거 봐. 망나니들이다. 외다리랑 더벅머리 휘광!」

'궁'은 귀를 기울였다.

「아직 처형을 시작할 시간이 아닌디 무신 일이 난 게 틀림없구먼.」

앞에 걸린 늘씬한 칼이 '궁'을 향했다.

「틀림없이 저 새로 온 놈 때문일 거야. 오랜만에 신나는 신고식을 보게 생겼네.」

「꼭두새벽부터 더벅머리가 새내기를 들고 흔들어대더니만.」

그때 덜컹 문이 열렸다. 쏟아지는 부연 빛 속에 두 사람이 유령처럼 떠 있었다. 그들 중 한 사람이 소리쳤다.

"자, 어서 네 새내기 남원칼을 들어라!"

그러자 다른 사람이 소리쳤다.

"여기 나가신다!"

말이 떨어지자마자 달려온 더벅머리가 '궁'을 움켜쥐었다. '궁'은 아찔했다. 그래도 순간 상쇠 아제를 떠올리며 눈을 질끈 감았다. 무슨 일이 벌어져도 정신줄을 놓으면 안 된다.

「으윽, 언지 어데서나 최선을 다해야 써. 칼의 임무가 무엇이더냐? 의를 지켜주고 불의는 싹둑 자르는 것이여.」

외다리도 '궁' 앞에 서 있던 키가 큰 칼을 뽑아 들었다. 목발을 짚은 채 한쪽 다리를 유난스레 흔들며 그는 소리쳤다.

"흐흐, 내 애도(愛刀)의 맛을 보여주지!"

바로 그때 날렵한 칼을 든 젊은 망나니가 헉헉대며 창고로 뛰어들었다.

"잠깐만요. 여기 왜놈들한테서 빼앗았던 유명한 일본도가 왔어요. 먼저 새내기 조선 칼이랑 힘을 겨뤄보면 어떻겠소?"

더벅머리 휘광이 소리쳤다.

　　　　　　　　　　　대장간 소녀와 수상한 추격자들

"그럼 어디 일본도부터 덤벼봐라. 나는 이미 어떤 칼이나 대적할 준비가 되어 있는 몸!"

'궁'은 순간 아찔했다. 상상치도 못한 첫 겨루기에 겁이 났다. 객지에 와서 아는 사람도 없는 데다가 상대가 조선칼도 아닌 일본칼이다. 그러나 다음 순간 의지를 가다듬었다. 다른 칼과 달리 왜놈칼과의 겨루기에서는 절대 져서는 안 된다며 주먹을 불끈 쥐었다. 외다리가 물러서자 젊은 망나니와 더벅머리가 동시에 소리치며 뛰어나갔다.

"바깥으로!"

그들은 어느새 피밭 빈터 양쪽으로 흩어졌다. 그리고 서로를 향해 달려들었다.

"자, 겨뤄보자!"

날렵한 직선의 일본도와 칼끝이 곡선으로 휜 조선칼이 번쩍이며 허공에서 부딪쳤다. 서로를 힘껏 밀어냈다가 다시 부딪치는 순간 쨍그랑 소리가 피밭에 울려 퍼졌다. 싸우던 망나니들조차 실눈으로 눈이 부신 햇살 속을 더듬었다. 창고의 칼들도 숨을 죽였다. 한참 허공을 헤매던 구경꾼 망나니들에게서 함성이 터져 나왔다.

「와, 배때기가 호리호리할 때부터 알아봤어. 일본도가 바싹 두 동강 난 것 좀 봐!」

「흐흐, 조선 칼은 이도 하나 안 나갔어!」

잔뜩 얼어있던 '궁'은 이제야 겨우 크게 숨을 내쉬었다. 허공에서 맞부딪치는 순간이 아찔하게 다가왔다. 무조건 일본도를 이겨야 한다며 기를 넣었던 게 먹혔던 거다. 드디어 외다리가 애도를 든 채 '궁' 앞으로 다가왔다.

"와, 일본도를 이기다니 대단한 칼이네. 하지만 내 칼도 뼈대가 있는 조선 장인의 칼이다!"

더벅머리가 으스대며 소리쳤다.

"이제 겨뤄보면 어느 칼이 더 센지 결판이 날 것이야!"

"지켜보게나. 구관이 명관이지!"

외다리가 애도를 들어 올리더니 몇 차례 휘둘러 보았다. 늘씬한 칼이 허공을 가르며 날았다. 황새가 외다리로 춤을 추듯 우아하고 날렵한 모습에 망나니들은 침을 삼켰다. 이윽고 더벅머리가 달려나갔다.

"자! 이제 겨뤄보자. 남원칼 나가신다!"

"에잇! 내 애도의 쓴맛을 보여주겠다!"

드디어 두 칼이 공중에서 맞붙었다. 쨍그랑거리며 칼 부딪치는 소리가 찬 공기를 갈랐다. 날카로운 쇳소리가 공중에 부서져 내렸다. '궁'이 애도를 누르고, 애도가 '궁'을 눌렀다. '궁'도 더벅머리와 한마음이 되어 허공을 날았다. '궁'이 공기를 뚫을 때마다 번쩍이는 푸른빛이 소용돌이쳤다. 구경꾼들이 탄성을 내질렀다.

애도도 노련한 망나니 손에서 맘껏 허공을 날았다. 수년간 함께 피밭을 누빈 장도(長刀)다웠다. 그러나 남원칼을 꺾으려 안간힘을 쓰지만 새내기의 괴력이 여간 아니었다. 남원칼의 복부를 겨냥했다. 질기기 그지없는 그 뱃심에 애도가 꺾일 듯 휘청거리자 방향을 바꾸어 칼의 등을 내리쳤다. 끄떡도 안 했다. 그렇게 질기고 단단한 쇠는 여태 본 적이 없다.

두 칼이 붙었다 떨어지고 떨어졌다 붙었다. 쨍그랑 쇳소리가 피밭 싸늘한 공기를 뚫고 퍼져나갔다. 두 사람의 얼굴이 땀으로 질퍽해졌다. 외다리가 가끔 흔들거렸다. 더벅머리는 외다리가 다리의 무게중심을 바꾸는 순간을 노리고 있었다. 바로 그때 '궁'은 온몸의 힘을 빼고 허깨비처럼 멈춰 섰다.

「이건 의가 아니지, 의가 아니야. 외다리와 일대일로 싸울 수는 없는 거여!」

"얍!"

더벅머리는 '궁'을 높이 치켜들었다가 온 힘을 다해 내리쳤다. 드디어 애도의 날이 부러질 것이다. 의족을 지탱하지 못한 채 무너지는 외다리가 보였다. 그러나 웬일일까. 더벅머리의 자신만만하던 손끝에서 칼이 미끄러져 내렸다. 더벅머리는 놀라 퍼뜩 눈을 떴다. 눈앞에 동강난 애도가 보이지 않았다. 고개를 푹 떨어뜨렸다. 남원칼만 믿었는데 뭔가 뜻대로 되지 않았다. 이런 적은 없었는데 이상한 일이다. 더벅머리는 마구 허둥거렸다.

'분명히 내 칼이 이기고 있었는데?'

그때 목덜미가 근질거렸다. 얼른 눈을 떴다. 세상에나, 애도의 날카로운 칼끝이 더벅머리의 모가지 한가운데에 와 있었다. 외다리가 말했다.

"겨루기가 끝났소."

애도의 칼끝이 드디어 더벅머리의 모가지를 놓아주었다. 이윽고 외다리가 후들거리는 다리를 진정시키며 목발을 의지한 채 바로 섰다. 더벅머리가 외다리의 어깨를 부축한 채 칼창고를 향해 돌아서자 망나니들의 우렁찬 환호가 피밭을 뒤흔들었다. 승자만이 받을 수 있는 영광이다. 더벅머리가 중얼거렸다.

"자네 애도가 이겼어."

외다리가 고개를 흔든다.

"아니야. 자네 칼은 의로운 혼이 살아있는 칼이야. 내 애도가 지려는 순간 남원칼이 멈췄어. 그 순간 직감적으로 그걸 알았지. 나 같은 자에게 승리를 양보하는 의연하고도 자애로운 태도라니 멋진 칼이야."

더벅머리는 손에 쥔 칼을 한 번 쓰다듬었다. 그리고 의로운 혼이 살아있는 듯한 느낌에 몸을 떨었다. 이내 탄식하듯 흙 속에 칼을 꽂았다. '궁'도 한숨을 쉬며 누가 듣든 말든 중얼거렸다

「내 젊음을 절대 의로운 일에만 써야 혀. 오늘 같은 날은 지는 것이 이기는 것이여.」

그때 어디선가 꽹과리가 울더니 북과 징 소리에 섞여 다가왔다. '궁'은 온몸이 오그라드는 것만 같았다. 놀이패 장단 소리가 커지자 가슴이 뛰고 진땀이 솟았다. 어디선가 천둥소리가 들려왔다. 한 줄기 회오리바람이 마른 흙바람을 일으키며 달려들었다. 뭔가 불길한 일이 일어

나려는 징조 같았다.

'궁'은 호랑이굴에 들어갈 때일수록 정신을 차려야 한다던 상쇠 아제의 말을 되뇌었다. 배에 힘을 주고 어깨를 폈다. 하늘을 우러른 채 눈을 감고 주문을 외우기 시작했다.

「나는 의로운 칼이다. 의로운 일에 쓰일 거다. 아자, 힘을 모으자!」

그때 회오리바람 사이로 노랫소리가 들려왔다.

"오호오 오호오 오호눔차 오호오

떠나간다 떠나간다 영결종천 떠나간다

마즈막 가는길에 정든초옥 돌아보자

오호오 오호오 오호눔차 오호오"

언젠가 대장간 골목에 살던 수관 영감이 돌아가셨을 때 사람들이 부르던 곡소리랑 같았다. 홍이 방을 떼어와 읽어주던 '피밭 대역죄인' 명단이 떠오르자 등골이 서늘해지면서 진땀이 흘렀었다. 그러나 곧 두려움보다는 진한 외로움이 엄습했다. '궁'의 외로움을 부채질하듯 곡소리가 커졌다.

"오호오 오호오 오호눔차 오호오

자자손손 많다해도 임종시엔 할수없고

친고벗(친척과 오랜 친구를 아우르는 말)이 많다해도 임종시엔 동행없네

우리자녀 애통소리 귀에쟁쟁 들리옵고

눈에삼삼 보이오니 남겨두고 어이갈고

오호오 오호오 오호눕차 오호오"

멀리서 흰옷을 입은 한 떼의 사람들이 보였다. 흐느적거리는 모습이 등뼈 없는 낙지가 기는 듯했다. 서성이던 더벅머리가 갑자기 '궁'을 움켜쥐었다. '궁'은 어느새 꽹과리패 속에 섞여 따라가고 있었다.

피밭에서

그날 밤 홍은 '궁'이 칼창고로 옮겨질 때 퍼뜩 뛰어내렸다. 마부와 군졸이 '궁'을 옮기는 사이 옆의 헛간으로 숨어들었다. 그리고 거적때기 속에서 추위에 떨다가 새벽에야 잠깐 눈을 붙인 듯했다. 그러나 깨어났을 때는 징과 꽹과리가 울어 젖히고 있었다. 그 소리가 '궁'의 불길함을 알리는 듯해 몸을 떨었다. 허겁지겁 바깥을 내다보자 그 소리는 다시 수그러들었다. 흐릿한 새벽빛이 스며들고 있었다.

더 눈을 붙이자며 돌아누웠다. 주머니에서 짤랑거리는 엽전 소리가 그저께 밤의 일을 생생하게 기억나도록 만들었다. 사실은 군졸이 던지고 간 그 돈을 써도 될지 수십 번도 더 망설였다. 그러나 이틀이나 굶은 허기와 추위 앞에서 모든 게 무너져 내렸다. 군졸들이 한벽루 주막에서 술을 마시고 잠든 사이 홍도 마차에서 빠져나와 주막집 국밥을 한 술 떴다. 결국 더러운 엽전 몇 개가 삭신(몸의 근육과 뼈마디)을 녹여줄 따끈한 국밥이 되었다.

'이 웬수 놈의 돈이 나를 살렸구먼.'

홍은 주머니에 손을 넣었다. 차가운 동전의 감촉에 허파까지 떨리는 듯했다. 그때 징 우는 소리가 다시 나서 거적때기를 살짝 들고 밖을 내다보았다. 멀리서 먼지구름을 일으키며 한 무리의 사람들이 다가오고 있었다. 맨 앞에서 희끗희끗한 바지저고리를 입은 사람이 덩실거리며 춤을 추었다.

"앗! 그 더벅머리다!"

홍은 다리가 후들거렸다. 대장간에서 '궁'을 뺏으려고 격투를 벌였던 망나니 일행이 처형장으로 향하고 있었던 거다. '궁'도 그 속에 섞여 있을 게 분명했다. 홍은 서둘러 거적때기를 젖히고 밖으로 나갔다. 그들 뒤를 조심스레 밟기 시작했으나 피밭까지 따라 들어갈 수는 없었다. 둘러보니 멀리 사형장을 둘러싼 낮은 돌담이 있어서 그 돌담 뒤로 숨어들었다. 허물어진 돌담 뒤로 띄엄띄엄 크고 작은 아이들이 보였다. 그들은 잔뜩 옹크린 채 고개만 담 위로 내밀고 있었다.

한편 '궁'은 휘광의 손아귀에 잡힌 채 따라가고 있었다. 창고에서 바라본 것보다 피밭은 넓고도 황량했다. 바싹 마른 땅 위로 가끔 하얀 서릿발이 날렸다. 서서히 하얀 성애가 걷히면서 누런 모래사장이 드러났

대장간 소녀와 수상한 추격자들

다. 더벅머리는 으스대듯 칼을 흔들며 사람들 사이로 지나갔다. 옹기종기 모여선 사람들이 길을 비켜주었다.

"쌈박하다, 아주! 기골이 장대(남다른 기운과 골격을 가진 건장한 모습)하구만."

"와! 저게 사람 죽이는 칼인가 보네."

"그거시 아니라 사람 잡는 사람이랑게!"

망나니들을 두고 하는 말인지 칼을 두고 하는 말인지 알 수가 없었다. 점점 커지는 북소리가 말소리를 삼켜버렸다. 사람들이 점점 더 모여들었다. 그러나 사형장 멍석 쪽으로는 줄을 쳐서 사람들의 진입을 막았다. 포졸들은 모여드는 구경꾼 앞에 방망이를 들이댔다. 쳐놓은 줄 안쪽에는 하얀 옷에 머리를 푼 망나니 네댓 명이 벌써 몸을 풀고 있었다.

구경꾼들은 수심과 호기심, 더러는 온갖 분노로 가득한 얼굴이었다. 누군가가 겁에 질린 듯 소리치며 포졸 건너편을 가리켰다. 그곳에는 남자, 여자, 어른, 아이 할 것 없이 사람들이 포승줄에 굴비처럼 줄줄이 엮여 있었다.

"저 천주쟁이들이 망나니들헌티 뇌물을 준댜."

"뭔 뇌물을?"

"그걸 몰러? 단칼에 고통 없이 죽여 달라고 뇌물을 바친다대, 시상에나!"

"하기야 그렇게 허기 들린 듯 사람을 잡아 죽이니 칼이 무뎌지기도 하겠지."

"저그 저 시퍼런 칼 좀 보라카이. 조선에서 알아주는 남원칼이 왔능기라."

"자네는 워찌 고로코롬 잘 아는가?"

"그, 그냥 검돌 고모가 알려줬제."

말하던 아낙네가 허겁지겁 입을 닫았다. 안색을 보니 괜한 소리 지껄인 걸 후회하는 듯했다. 검돌은 망나니인 더벅머리 휘광의 어린 아들놈이요, 검돌 고모는 휘광의 여동생이다. 아낙들은 망나니가 인간이냐며 그의 여동생까지도 거리를 두고 사귀었다. 망나니는 사람 죽이는 못된 놈이라며 뒤에서 수군거리기 일쑤였다. 옆의 아낙이 혀를 찼다.

"쯧쯧, 그만들 두랑게. 검돌 아부지 여동상으로 태어난 게 무신 죄유. 누가 저런 망나니 생활이 좋기나 허겄어유? 우리 같은 사람도 뭘 못 허겄슈. 입에 풀칠만 할 수 있다면 말이유."

충청도 사투리를 쓰는 아낙이 타이르듯 말했다.

"그려, 검돌 아부지도 사람은 착혀. 사형수들 뇌물도 죄다 돌려 보낸다든디."

한 아낙이 손을 들어 말을 막았다.

"쉿, 드디어 죄인들 처형이 시작되나 보다."

망나니들이 바로 그때 일제히 칼을 들어 올렸다. 흥분한 사람들이 소리쳤다.

"야! 검돌 아부지가 든 칼 좀 봐!"

"칼이 꼭 살아 움직이는 것 같네!"

대장간 소녀와 수상한 추격자들

이어서 망나니들이 칼을 휘두르며 형장을 돌기 시작했다. "1번 망나니!"라며 포졸이 읊조리자 망나니가 칼을 들고 한 바퀴 돌았다. "2번 망나니!"라는 호명이 끝나기도 전에 검돌 아버지가 칼을 높이 들었다. 사람들이 환호했다. 검돌 아버지는 칼을 크게 한 바퀴 휘두르더니 모래밭에 꽂았다. 그 모습에 사람들이 더 큰 함성을 질렀다.

"술을 따르라!"

포졸의 신호에 다른 포졸이 주전자를 높이 치켜들고 막걸리를 따랐다. 희뿌연 막걸리 포말이 정력 좋은 사내 오줌 줄기처럼 공중에서 쏟아져 내렸다. 더벅머리는 부연 막걸리를 사발이 넘치도록 받아 단숨에 넘겼다. 크윽! 턱에 질질 흐르는 허연 국물을 손등으로 스윽 문질렀다.

구경꾼들이 침을 꼴깍 삼켰다. 관아에서는 막걸리를 마시는 의식을 더 오래 끌었다. 백성들에게 잔치를 벌여주는 척하면서 조정의 말을 거역하면 저렇게 망나니의 밥이 된다는 걸 일러주기 위해서였다. 구경꾼들은 오금을 죄어가면서도 은근히 그 잔인한 의식을 즐겼다.

"크윽, 한 사발 더!"

더벅머리 휘광이 소리치자 포졸이 얼른 막걸리를 대령했다. 구경꾼들도 입맛을 쩝쩝 다셨다. 이때야말로 망나니 세상이다. 그들의 기분을 잘 맞춰야만 한다. 수가 틀리면 제대로 칼을 휘두르지 않고 어깃장을 놓는 수가 있었다.

"이렇게 퍼마셔야 일을 할 수 있으니, 내 참."

더벅머리는 결심한 듯 칼을 들어 올렸다. 입에 가득 든 막걸리를 하늘로 치켜든 칼 위로 푸~ 푸~ 품어냈다. 부연 포말이 떠오르는 햇살을 받아 오색으로 흩어졌다. 우뚝 선 '궁'의 칼날 주위로 유난히 찬란한 무지개가 섰다. 사람들이 와 함성을 질렀다.

이윽고 더벅머리가 "엽!" 하고 소리를 지르며 칼을 들어 올렸다. 사람들은 넋을 놓고 더벅머리의 칼놀림을 지켜보았다. 칼이 마술에 걸린 듯 공중에서 춤을 추다 공기를 가르기도 했다. 더벅머리도 칼을 따라 춤을 추었다. 그때 누군가가 소리쳤다.

"저기 죄인들이 오고 있어!"

두릅인 양 줄줄 엮인 그 모습을 보며 '궁'은 기가 막혔다. 난생처음 바깥세상에 나왔는데 사람 목을 베는 일을 해야 할 판이었다. 그때 상쇠 아제가 부르짖듯 비는 소리가 생생하게 들려왔다.

"비나이다, 비나이다. '궁'이 지발 의로운 칼로 남게 해주시오."

'궁'은 주먹을 불끈 쥐며 고개를 끄덕였다. 그때 누군가가 소리쳤다.

"모다 조심허셔유. 저렇게 북어처럼 엮여 억울하게 죽기 싫으면 말여유."

곧 북과 징 소리가 미친 듯 울리기 시작했다. 포졸이 손을 올리며 뭔가 소리쳤다. 해파리처럼 흐늘거리던 죄인 무리가 처형장 쪽으로 다가왔다. 더러는 수건으로 눈을 가리고 있기도 했다.

"교인이다!"

"쉿! 함부로 지껄이지 마. 아차 하면 교인으로 몰려 생죽음을 당하는 시상이야!"

대장간 소녀와 수상한 추격자들

"부모를 모실 줄 모르는 상놈들은 당해도 싸지유."

충청도 출신 상정 아버지가 덧붙였다.

"주뎅이 닥쳐. 그렇게 착하던 우리 동네 순심 애비도 잡혀갔당게."

"나랏님 맘에 안 들면 다 잡아넣는 시상이지유."

포승줄 하나에 서너 명씩 줄줄이 엮여왔다. 그런데 참 희한한 일은 사람들 모습이 전혀 죽으러 가는 사람들 같지 않다는 것이었다. 모두 편안하고 두려움 따위는 초월한 얼굴이었다. 칠팔 세쯤 되는 댕기 드린 여아가 따라 나왔다. 사람들은 숨을 죽이고 숙연해졌다. 더러는 흐느끼기 시작했다.

"저 에린 것이 무신 죄가 있다고?"

"안 돼. 안 돼!"

사람들이 지르는 고함이 징 소리에 묻혔다. 징이 귀청을 찢더니 북이 둥둥 울렸다. 드디어 망나니들의 춤사위가 시작되었다. 머리를 풀어헤친 채 맨발로 형장을 뛰어다니며 휘두르는 칼이 하늘이라도 찌를 듯 격렬했다.

'궁'은 하늘로 치솟는 순간 아래를 내려다보았다. 둥그렇게 깔린 멍석 위에 길쭉한 나무목침이 나란히 놓여 있다. 목침 위쪽마다 둥그렇게 파인 곳이 목을 올려놓을 부분인 듯했다.

「이건 아니지, 이건 증말 아녀. 내가 이 시상에 태어난 게 죄 없는 사람 목을 칠 운명이었당가?」

'궁'은 가슴이 터질 듯해 휘청거렸다. 새처럼 날 수만 있다면 당장 이곳에서 달아나고 싶었다. 그러나 곧 대장간의 정화수를 떠올리자 기운이 맑아졌다.

「여그서 자빠질 수는 없당게. 단단히 담금질하는 거여. 기, 기를 넣어야 써.」

망나니인 휘광이 흔드는 대로 몸뚱이는 맡기되 정신줄을 놓으면 안 된다. 정신줄만 붙잡으면 호랑이굴에서도 살 수 있다. '궁'은 사력을 다해 눈을 질끈 감았다.

「으흡, 배때기에, 그리고 온 몸뗑이에 심을 주는 거다!」

"저 망나니 칼 좀 봐! 서슬이 퍼런 게 신통력이 이만저만이 아니겠네!"

"저 칼이면 두세 번씩 난도질하지는 않겠어."

"어채피 죽을 사람이믄 싸게 가야지. 뭐땀시 더 아프게 맨든댜!"

이제 꽹과리, 징 소리와 북소리도 멈추었다. 휘광의 춤도 끝났다. 그 넓은 모래사장이 죽은 듯 조용해지자 구경꾼들은 숨을 삼켰다. 강물 아래로 얼음 쪼개지는 소리만 가끔씩 찬 공기를 갈랐다.

포승줄에 엮인 교인들이 돌아서서 어린 가족을 안고 한참씩 흐느꼈다. 그때 어디선가 마차 소리가 들려왔다. 사람들이 고개를 돌렸다.

"와! 함거(죄인을 실어 나르는 수레)가 오고 있어."

"누굴까? 저 소달구지에 탄 죄인이."

"대역죄인이 틀림없어, 함거를 타고 오는 걸 보면."

함거가 도착하자 포승줄에 엮인 사람들이 그 주위로 모여들었다. 그

들은 조용히 노래하기 시작했다. 그것은 나지막하고 평화로운 가락이
되어 번져나갔다.

  "평안과 사랑이 가득한 그곳
  양반, 노비, 백정도 함께 사는 새 세상
  고난과 핍박 위에 새 빛이 비치네."

포승줄에서 풀려나가는 사람들의 얼굴은 밝았다. 기쁨에 가득 차 어
린아이들까지도 합장하고 선 그 모습은 숭고하고도 거룩하게 보였다.
죽음의 피밭에 고요한 평화가 넘쳤다. 얼마 후 포졸의 호각 소리에 맞
춰 하얀 깃발이 올라갔다. 이어서 포졸 목소리가 울려 퍼졌다.
  "정 대감 나오시오!"
  사람들이 우우거리며 함성을 질렀다. "정 대감님!"이라며 두 손을
합장했다.
  "어쩌면 좋아. 저분의 형 동생 모두 남쪽 멀리 귀양을 갔다던데."
  "쯧쯧, 지체가 뭐고 학식이 무슨 소용이겠어. 집안이 송두리째 풍비
박산이 났는데."
  정 대감은 포승줄에 묶였지만 한 치 옷차림도 흐트러지지 않은 채
함거에서 나왔다. 불안하거나 서두르는 기색도 없이 평상시처럼 유유
히 발걸음을 떼었다. 날카로운 징 소리가 울리자 그분이 멍석 위로 올
라섰다. 그 옆으로 다른 죄인들까지 나란히 서자 포졸이 소리쳤다.

"죄인은 머리를 올려라!"

징 소리가 두둥~ 사형장을 울리며 하얀 깃발이 올라갔다.

"어허라!"

구령이 떨어지고 다시 징이 울렸다. 더벅머리 휘광은 두 손으로 '궁'을 쥔 채 떨고 있었다. 순간 더벅머리의 마음에 수만 가지 생각이 교차했다. 늘 목을 쳤어도 오늘처럼 싱숭생숭한 날은 처음이었다. 지그시 눈을 감으며 '궁'을 서서히 치켜들었다. 그리고 하늘을 우러러보았다.

그때 귀를 찢듯 날카로운 징 소리가 피밭에 울려 퍼졌다. '궁'은 젖먹던 힘까지 다해 저항의 기를 뿜어냈다.

「안 돼! 절대로 저 위대하신 분의 목을 칠 수는 없다. 이건 의가 아니여!」

바로 그 순간 더벅머리는 머리채를 흔들었다. 머리카락이 사자 갈기처럼 허공에서 춤을 추었다. 온 힘을 다해 칼을 내려친 순간 맙소사! 내려친 죄인의 모가지가 그대로 붙어있는 게 아닌가. 더벅머리는 눈을 끔벅였다.

'허, 귀신이 곡할 노릇이네. 칼이 이럴 수는 없지!'

그때 엎드린 죄인의 목에서 뭔가가 부옇게 빛났다. 놀란 더벅머리는 다시 눈을 비볐다. 분명히 그곳에서 은은한 하얀 광선이 교차하더니 십자가를 만들었다. 구경꾼들이 함성을 지르며 몰려들었다. 군졸들은 밧줄 안으로 밀려드는 군중을 막느라 진땀을 흘리고 있었다.

"와! 십자가가 보인다!"

대장간 소녀와 수상한 추격자들

"기게 뭣이여? 니가 그걸 워찌 안단 말이여?"

"십자가는 저렇게 사각으로 가로지르는 표시여. 대부님의 죽음을 통해 우덜 같은 천민이 죽어서도 영원복락을 누릴 수 있게 해주신 거여."

남자가 손가락을 교차시키며 부지런히 설명했다.

"그러니 이 죽음에는 분명히 뭔가가 있는 거구먼."

"그렇고말고. 정 대감님은 하늘님이 살리신 거다!"

"제발 죄없이 착하신 정 대감님을 살려주세요!"

사람들이 아우성을 쳤다. 그 소리에 더벅머리가 올리려던 손을 잠시 멈추었다. 뭔가 묵직한 돌덩이를 든 듯 손이 저렸다. 옆에서 굴러온 머리통에서는 붉은 피가 줄기줄기 흘러 땅을 적셨다. 그 피가 모여 바다를 이룰 것만 같았다. 이런 끔찍한 처형은 난생처음이라 가슴이 쿵쾅거리고 온몸이 벌벌 떨렸다.

'이런 분의 목을 쳐야 한다니!'

"뭐 하느냐? 2번 망나니!"

더벅머리는 정신이 돌아온 듯 퍼뜩 눈을 들었다.

"어서 빨리 시행하라!"

수백 개의 눈이 백여시처럼 번쩍이며 노려보고 있었다. 포졸이 재촉했다.

"죄인은 땅바닥을 향하라, 턱을 나무틀에 걸치고!"

그 소리가 끝나기도 전에 엎드려 있던 정 대감이 상반신을 벌떡 일으켰다. 와! 군중들이 환호성을 질렀다. 정 대감이 하늘을 바라보며 외쳤다.

"땅을 내려다보며 죽는 것보다는 하늘을 올려보며 죽는 게 낫다!"

사람들이 합장하며 우르르 무릎을 꿇었다. 정 대감이 고개를 든 채 또렷하게 말했다.

"당신들은 우리를 비웃지 마시오. 사람이 세상에 태어나서 천주를 위해 죽는 것은 당연히 해야 할 일이오. 마지막 심판 때 우리의 울음은 진정한 기쁨으로 변할 것이고, 당신들의 즐거운 웃음은 진정한 고통으로 변할 것이오."

더벅머리는 칼을 치켜든 채 부들부들 떨고 있었다. 그걸 지켜보던 포졸이 소리쳤다.

"어서 목을 쳐라! 저자는 요사한 말과 글을 지어 대중을 미혹한 자다!"

'궁'은 그 순간 마음을 바꾸어 울부짖었다. 칼의 임무가 무엇이더냐, 정의로운 칼이 무엇이더냐.

「그려. 이건 바른길이 아니다. 지금은 저분의 고통을 줄여드리는 게 의로운 거여. 정 대감님, 지를 지발 용서허셔요!」

"얼른 시행하라!"

관졸의 불호령에 온 피밭이 떨고 있었다. 더벅머리는 웃통을 벗어던진 채 사력을 다해 칼을 들어 올렸다. 이~얏! 온 힘을 다해 내리쳤다. 그 순간 윙윙대던 함성도 기도 소리도 강물 소리도 뚝 끊겼다. 마치 영원할 것 같은 정적이었다. 정 대감의 머리도 더 이상 올라오지 않았다.

홍의 동상이몽(同床異夢)

　망나니들은 땀을 닦으며 속도를 늦추었다. '궁'은 가슴이 복받쳐 터져버릴 것만 같았다. 기도하고 노래하며 누에고치처럼 꼬물대며 다가오는 사람들을 바라만 보았다. 그 뒤로 저 멀리 사람들의 머리만 빼꼼한 것이 문득 '궁'의 눈에 들어왔다. 돌담 위의 그 얼굴들은 모두 사형장 쪽을 바라보고 있었다. 어쩌면 아는 얼굴이 있는 것 같기도 하고, 헛것을 본 것 같기도 했다.

　「앗! 홍 누임 아녀?」

　아무리 보아도 눈에 익은 동그란 얼굴이 틀림없었다. '궁'은 오금이 저리도록 겁이 나면서도 반갑기 그지없었다. 홍 누님이 자기의 온갖 짓거리를 다 보았다고 생각하니 아찔했다. 그때 홍 누님이 두 손을 올려 흔드는 듯했다. 설마 잘못 본 거라며 '궁'은 일부러 눈을 돌렸다.

「지발, 싸게('빨리'의 전라도 방언) 이 무서운 피밭을 떠나야 허는디.」

바로 그때 더벅머리가 휙 몸뚱이를 돌려 갑자기 '궁'을 높이 쳐들더니 모래밭에 힘껏 처박았다. 불시에 당한 공격에 '궁'은 휘청하며 허리가 휘어질 뻔했다.

"이놈의 칼이 왜 이리 말을 안 들어? 생긴 건 멀쩡한 게."

모래 속에 꽂힌 '궁'은 온몸이 꺼져 들어가는 듯했다. 그러다가 정신을 차리고 다시 담장 위를 보았다.

「홍 누임!」

목이 터져라 불러도 소리가 되어 나오지를 않았다. 홍 누님은 어디에도 안 보이고 대신 익숙한 얼굴이 보였다.

「앗! 추, 춘석이가 어티게 여기에?」

'궁'은 벼락이라도 맞은 기분이었다. 반가움에 앞서 죄를 짓는 심정이 이런 거구나 싶었다. 그때 담장을 훌쩍 뛰어내리는 사람이 보였다. 멀리서도 떡 벌어진 어깨랑 두둑한 덩치가 춘석임을 말해주었다.

어느새 춘석이 처형장을 향해 달려오는데, 조금 작은 소년이 뒤를 쫓고 있었다. 두 팔을 양쪽으로 흔들며 달리는 가는 몸매가 틀림없는 홍 누님이었다. 뒤에서 춘석을 부르는 듯 홍 누님은 팔을 저어댔다. 그러나 춘석은 정신없이 처형장 쪽으로만 달리고 있었다.

"춘석아! 춘석아!"

홍이 부르는 소리가 가까워졌다. 거의 처형대가 놓인 멍석까지 가까워지는 순간 춘석이 뒤를 돌아봤다.

"앗, 홍!"

춘석이 목석처럼 서버렸다. 달리던 속도를 이기지 못한 홍이 춘석에게 부딪치며 쓰러졌다. 순간 춘석은 넘어지는 홍의 허리를 안아 세웠다. 둘이 한 몸이 되었다. 홍은 거친 숨을 몰아쉬며 눈을 감았다. 그리도 보고 싶던 춘석이었다.

"춘석아!"

그것도 잠시 춘석이 홍의 팔을 뿌리치며 떨어져 섰다. 홍이 신음했다.

"춘석아, 왜 그려?"

"…."

"춘석아! 나여, 나 몰러?"

"가까이 오지 마!"

춘석이 털 벌레 보듯 고개를 돌렸다. 홍이 춘석의 팔을 잡으며 애원했다.

"춘석아, 제발 내 좀 봐. 살아있었구나!"

"살아있지 않으믄?"

"왜 그러는디?"

춘석이 홍의 팔을 뿌리쳤다. 홍은 눈물이 쿡 솟았다. 얼마나 그리운 친구였던가. 이별할 때 아프던 가슴이 여태 문드러지는데 그 친구가 지금 눈앞에 있다. 홍은 침을 꿀꺽 삼켰다. 목구멍이 타들어 갈 것만 같아서다. 다시 춘석이 홍을 사납게 밀쳤다.

대장간 소녀와 수상한 추격자들

"저리 치나('비켜'의 전라도 방언)! 다 필요 없어."

홍은 넘어질 듯 위태롭게 몸을 세웠다. 그리고 춘석 팔을 부여잡을 듯 다가갔다. 춘석이 벌벌 떨며 형장을 가리켰다.

"보여? 아부지가 저, 저그에…."

거기에 칼을 쳐든 망나니 휘광이 있었다. 그의 손에 들린 '궁'을 알아본 순간 홍은 숨이 멎는 듯했다. 홍은 꺼져가듯 한숨을 내쉬었다. 대장간에서 사람들이 수군거렸던 게 바로 오늘이었구나. 춘석 아버지가 자진해서 옥에 들어가기를 자처했다는 말을 들었다. 그런데 오늘이 바로 그 천주쟁이들의 처형 날인 게 분명했다. 홍은 가만히 춘석의 팔을 잡았다. 춘석이 이번에는 가만히 있었지만 심한 오열로 팔을 떨고 있었다.

처형장에서는 계속 사물놀이패의 가락이 요란하게 울었다. 마침내 포승줄에 묶인 교인들이 형장 앞에 당도했다. 귀를 찢는 징 소리를 마지막으로 소리가 멈췄다. 주위는 다시 고요해졌다.

그때 춘석이 홍의 팔을 뿌리치더니 갑자기 달리기 시작했다. 교인들을 헤치고 춘석이 한 남자에게 다가갔다. 불쑥 솟는 큰 덩치에 덥수룩한 턱수염을 한 사람, 바로 춘석의 아버지였다. 홍도 춘석을 쫓아가는데 군졸들이 달려와 그 둘을 무리에서 떼어놓았다.

"이 버르장머리 없는 놈들, 여기가 어디라고 함부로 이곳까지 들어와?"

"아부지!"

춘석이 울며불며 몸부림쳤다.

"썩 꺼지지 못해? 같이 저 형틀에 묶어줄까?"

춘석이 다시 포승줄에 묶인 아버지 품으로 파고들었다.

"아부지! 안 돼!"

"지발 돌아가. 너는 새 시상을 봐야 혀. 내가 먼저 갈팅게 편안한 하늘나라 아부지 집에서 만나자니께. 느그 엄니랑 모다 함께 말여!"

춘석 아버지는 하늘을 우러렀다. 옆에 묶인 교인들도 합장을 한 채 하늘을 향했다. 춘석이 엎드린 채 아버지에게서 멀어졌다.

"먼저 가신 정 대감님이 하늘나라에서 나를 기쁘게 맞아주실 거여."

"아부지!"

"춘석아, 울지 마라. 그분은 첨으로 우덜을 사람으로 대접해주신 분이여. 우덜 같은 천민도 양반과 똑같이 교리를 받을 수 있게 질을 터주셨어. 내도 이제 사람이 된 거여. 개돼지만도 못한 대우를 받던 이 애비가 양반맨치로 하늘나라도 갈 수 있단 말이여."

아버지가 멀어지자 춘석의 오열도 서서히 줄어들었다. 옆에서 젊은 망나니가 말했다.

"저 정신 나간 놈 좀 보슈. 남원에서까지 달려와 죽여 달라며 지 모가지를 내미는 놈이나 달려드는 저 아들놈이나. 미쳐도 단단히 미쳤어."

이번에는 나이 많은 망나니가 말했다.

"그러게, 그란디 교인들은 참말로 뭔가 믿는 구녁이 있는 것 같어.

그러지 않고서야 정 대감도 저 백정 놈도 저렇게 용감하게 목을 내놓을 수는 없는 법이지."

더벅머리 휘광은 눈을 감았다. 그나저나 오늘 일이 별일 없이 끝나야 한다. 그런데 이 단단한 기골을 지닌 칼이 맘대로 부려지지 않는 이유를 모르겠다. 수십 년 경력에 웬만한 칼들은 손에 쩍쩍 달라붙는데 말이다. 실력 발휘가 안 되니 점점 초조해졌다. 화가 복받쳐 산발한 머리를 미친 듯이 흔들었다.

"에헤라! 악단패 시작하시오!"

군졸의 명령으로 쉬었던 꽹과리와 북이 다시 울기 시작했다. 악단패는 계속 춤을 추었다. 난장판 속에 군졸이 죄인들을 사형대가 있는 멍석 쪽으로 몰고 갔다. 망나니들이 하나둘 일어서서 칼을 휘두르며 몸을 풀기 시작했다. 휘두르는 칼 가운데 유난히 푸른빛이 번뜩이며 높이 솟아올랐다. 홍은 그걸 본 순간 넋을 놓고 말았다.

"앗! '궁'이다!"

홍의 비명이 날카로운 징 소리에 묻히고, 소리가 잦아들며 하얀 깃발이 올라갔다.

"에헤라, 시작이오!"

구령이 떨어지며 군졸이 죄인의 포승줄을 풀어주었다.

"에헤라, 엎디어라!"

나무판마다 죄인들이 엎드렸다. 더벅머리는 춘석 아버지가 엎드린 목판으로 다가왔다. 그가 칼을 치켜드는 순간 춘석이 어미 잃은 새끼

짐승처럼 포효했다. 이어 징 소리가 날카롭게 울려 퍼졌다.

"에헤라, 쳐라!"

'궁'은 이미 하늘로 치솟았다가 막 내려오고 있었다. 홍이 절규했다.

"'궁', 안 돼!"

홍은 눈을 감았다. 시간이 얼마나 흘렀는지 알 수 없었다. 미친 듯 난타하는 꽹과리 소리에 겨우 정신이 들었다. 사람들 모두 무엇에 홀린 듯 소리패에 맞추어 어깨를 흔들었다. 놀이패가 미친 듯 처형장을 빙빙 돌았다. 그 속에 널브러진 시체들이 나뒹굴었다. 홍이 까무러친 춘석의 어깨를 흔들었다.

"춘석아! 정신 채려!"

춘석이 눈을 치켜뜬 채 휙 돌아보았다.

"치나! 어데 감히 손을! 내 아부지를 죽인 웬수 놈의 칼."

춘석이 일어서더니 홍의 손을 거칠게 떼어냈다. 홍은 어찌할 바를 몰랐다. 더 이상 이전의 춘석이 아니었다. 춘석이 불끈 두 손을 들더니 미친 듯이 달리기 시작했다. 홍도 그 뒤를 쫓았다.

"춘석아, 미, 미안혀!"

"우리 아버지를 죽인 네 '궁'을 절대로 용서 못 혀!"

그때 사람들이 떼를 지어 움직이기 시작했다. 춘석은 사람들을 뚫고 아버지의 시신을 향해 달렸다. 밧줄을 걷던 군졸이 난데없이 달려드는 춘석의 다리를 걸어찼다. 꼬꾸라진 춘석의 볼에서 벌건 피가 흘렀다. 홍은 춘석을 일으켜 안아 자기 옷고름으로 춘석의 핏물을 닦아냈다.

"춘석아, 미안혀! 미안혀서 어쩐댜."

둘은 목을 놓아 한참을 울다 쓰러지고 말았다. 얼마나 지났는지 눈을 들었을 때 구경꾼들은 아무도 보이지 않았다. 강가를 오가며 칼을 씻던 망나니들은 물론이고 '궁'도 없었다. 꽝꽝 언 모래밭 위로 군데군데 벌건 핏자국만 보였다. 군졸들은 시신을 거적때기에 싸서 죽 늘어놓고 벌건 피 바닥에는 모래를 뿌려댔다. 한참 동안 삽질하는 소리만 빈 강변을 울리더니 군졸들마저 서둘러 떠나버렸다. 홍이 입을 열었다.

"춘석아, 아부지를 어쩐댜?"

"얼렁 아부지 시신을 찾아 묻어드려야 혀. 내일이면 놈들이 시신을 정리하러 올 거여."

"그려."

"일읎어. 나 혼자 할 것잉게."

춘석의 말이 서릿발처럼 홍의 가슴에 내리꽂혔다. 춘석의 분노를 어떻게 식혀야 할지 막막했다. 홍은 고개를 떨어뜨린 채 신음했다.

'내가 동상이몽을 꾸고 있는 거여.'

춘석이가 아버지 시신을 향해 달리기 시작했다. 홍도 그의 뒤를 쫓아 달렸다. 그들의 어깨 위로 때늦은 싸락눈이 쌓이며 녹아갔다.

칼 사냥꾼들

　돌담에 숨어 처형장을 지켜보던 사람은 춘석과 홍 말고도 두어 명이 더 있었다. 그들이 멍석 쪽으로 달려갈 때 남아있던 청년과 소년이 무슨 말인가를 주고받았다. 옥색 비단 도포를 갖춰 입은 데다가 키까지 훤칠한 청년 도령과 덩치가 작은 소년이었다. 소년은 단칼에 목이 달아나는 처형장을 훔쳐보며 오줌을 질금거렸다. 유난히 파랗게 질린 소년의 낯빛을 도령은 놓치지 않았다. 그는 소년을 안심시켰으며, 소년은 도령의 말에 가끔 고개를 끄덕였다. 모래를 푸던 군졸들이 사라지자 둘은 돌담을 벗어나 처형장을 떠났다. 소년은 다시 몸을 떨며 두리번거리는 눈치였다.

　"뭐가 그리 두려운 거냐?"

"아버지의 칼이요. 그 새 칼만 없었더라면….”

"새 칼이라….”

"그런데 왜요?”

"응, 내가 칼 쓰는 장수가 되고 싶거든. 그래서 구경 온 거다.”

도령이 씽긋 웃었다. 찾고 있던 칼이라면 얼마나 좋을까 싶어 입맛을 다셨다. 어린아이가 왜 이런 곳에 왔냐고 묻자 소년은 자기 아버지가 피밭에서 일하는 사람이라고 했다. 그러면서 소년은 도령을 곁눈질해 보았다. 양반 태가 물씬 나는 옥색 비단 도포와 찰랑거리는 수술 주머니가 부러웠다. 도령은 반가운 속마음을 감춘 채 시간을 끌 요량으로 괜스레 물었다.

"그런데 이런 곳에 왜 다 허물어져 가는 돌담이 있지?”

소년은 말없이 돌담을 돌아보았다. 어릴 적 놀이터였던 곳인데 지금은 허물어진 돌담만 엉성하게 남았다. 언제부턴가 함께 놀던 아이들이 소년을 힐끗거리며 피했다. 그곳에서 죄 없는 죄인들이 죽어 나간다면서 말이다. 소년은 친구들이 왜 자기를 피하는지도 모른 채 점차 외톨이가 되어갔다.

그 돌담에서는 아버지가 일 끝난 후 집에 올 때면 풍기던 그 냄새가 났다. 비릿한 그 냄새는 가끔 돌담의 그을린 돌이랑 흩어진 동물 털에서도 풍겼다. 어머니는 사립문에서 기다리다 허겁지겁 아버지 작업복을 벗겼다. 그걸 샘물에 담가 치대 빨고 방망이로 두들겼다. 모든 냄새를 지우듯 어머니는 억세게 옷을 주물렀다. 어머니는 빗물처럼 흐르는 땀방울을 훔쳐내며 한숨을 쉬었다. 소년도 숨어서 어머니처럼 큰 숨을 내쉬었다.

갑자기 싸늘한 바람 한 줄기가 소년을 깨웠다. 소년은 눈꺼풀을 비볐다. 모래바람이 묻은 것도 아닌데 눈물이 났다. 돌담이 부옇게 보였다. 피밭에는 밤낮으로 죄 없이 죽어간 혼령이 떠돈다고들 했다. 그게 아버지 때문일지도 몰라 은근히 걱정도 되었다. 그런데 이 도령이 칼 쓰는 장수가 되고 싶다니! 소년은 얼른 도령을 바라보며 말을 걸었다.

"그런데요."

"무어냐?"

"그런데 울 아버지는 망나니예요."

순간 도령의 눈이 반짝였다.

"와, 대단하시네. 그러면 멋진 칼도 갖고 있겠네!"

"그럼요."

아버지를 알아주는 사람이 있다니 소년은 기분이 좋아졌다. 도령은 자기가 유명한 칼을 찾아 전국을 떠도는 중이라며 으스댔다. 그러나 소년은 남원칼을 생각하니 우울해졌다. 몇 날 며칠이나 객지에 가셨던 아버지가 어젯밤 늦게야 집에 오셨는데, 들어오자마자 거의 쓰러지다시피 했다. 그러다 남원칼 운운하며 술을 마시다 꺼져가듯 한숨을 쉬셨다.

"왜 내가 남원까지 가서 그 칼을 가져왔을까 후회스러워. 뭔가 혼이 살아있는 칼이 분명해."

어머니가 고개를 끄덕이자 아버지는 계속 횡설수설했다.

"그 좋은 칼이 정말 아까워. 칼을 보는 순간 내가 눈이 멀었나 봐. 그 칼은 이런 피밭에 올 칼이 아니라고."

아버지는 아침 녘에 일하러 나가면서도 수심이 가득했다. 소년은 아버지의 표정을 잊을 수가 없었다. 오늘 처음으로 아버지가 하는 일을 알았다. 더구나 어머니 몰래 피밭에 왔으니 죽도록 혼날 걸 각오해야 한다. 도령이 어깨를 툭 치자 소년은 문득 정신이 들었다.

"니 이름이 뭐고?"

"육검돌이요."

"흠, 멋진 이름이다. 칼과 돌이 합해진 이름이니 정말 단단한 아이겠네."

"글쎄요."

"그런데 이 근처에 유명한 칼창고가 있다던데?"

검돌은 다시 신이 났다. 아이들과 친하게 놀 때 아이들이 알려준 거였다. 그 창고엔 귀신 붙은 칼들이 그득하다고 했다. 나쁜 혼이 달라붙은 칼, 물귀신이 달라붙은 칼도 있다고 했다.

"아, 안돼요. 어린애들은 그런데 가면 큰일 난다고 했어요."

"그래, 그 창고가 어딘지 알고 있지?"

"그, 그게 저기 죽 모래밭을 건너가면 나무집이 보여요."

"그럼 네 부친이 그 창고 열쇠를 갖고 있겠네?"

검돌은 잠깐 생각했다. 그러고 보니 아버지의 허리춤에서는 항상 쨍그랑거리는 소리가 났다.

"아, 그거요? 울 아버지가 밤낮 허리춤에 매고 다니세요."

도령은 만면에 희색을 띠고 검돌 귀에 뭔가를 속삭였다. 뭔가 둘 사이의 약조가 이루어진 듯했다. 검돌이가 고개를 끄덕였다. 그러더니 나란히 걷던 검돌이가 갑자기 달리기 시작했다. 도령이 소리쳤다.

"너 약조는 꼭 지켜야 된다!"

그러나 검돌은 못 들은 척 머리칼을 흔들며 더 빨리 달렸다. 이 일이 아버지를 위한 일인지 은근히 걱정도 되었다. 도령은 역시 꿈자리가 좋았다며 손가락을 부딪쳐 소리를 냈다. 그 꼬마 덕에 소문대로 이곳에 와 있는 남원칼을 만날 수 있을 게 분명했다. 춘향골에서 남원칼을 강탈당했다는 소식을 들은 후 몇 날 며칠 걸려 피밭까지 달려온 공을 보상받을 시간이 온 거다. 헤어지기 전에 성공을 다짐하고 싶은 맘이 솟구쳤다. 도령은 집요하게 달라붙으며 소리쳤다.

"그런데 그 새 칼이 무슨 칼이라고 하더냐?"

"남원칼이에요."

신이 난 도령은 짐짓 심각한 척 소리쳤다.

"뭐든지 제가 있을 곳에 있어야 빛이 나는 법! 내가 남원에서 왔으니 다시 남원으로 가져가면 어떨까?"

"네? 정말요? 그게 좋겠어요."

"검돌아! 이따가 저녁 먹고 창고 앞에서 만나는 거다. 그거 가져오는 거 잊으면 안 돼!"

대장간 소녀와 수상한 추격자들

도령이 손나발을 하고 지른 소리가 바람 속으로 흩어졌다.

"물론 칼값은 두둑이 주겠다!"

검돌은 달리며 도령 얼굴을 떠올려보았다. 말끔한 얼굴에 변변한 차림새가 믿을 만한 사람 같았다. 검돌은 결심한 듯 야무지게 주먹을 쥐어보았다.

'그래도 그 칼이 없어지면 아버지 마음이 편해지실 거야.'

그 둘을 내내 지켜보던 호리호리한 사람이 있었다. 그는 송충이 눈썹을 한 도령과 검돌이 떠나자 조심스레 돌담 귀퉁이에서 나오더니 도포자락을 여미며 주위를 둘러봤다. 학식이 엿보이는 점잖고 총기 어린 눈동자가 반짝였다. 그는 도령과 멀어지는 소년의 뒷모습을 계속 바라보았다.

'칼값을 두둑이 주겠다는 말은 거래하겠다는 건데? 어린 소년과 거래하는 양반 도령이라!'

뭔가 구린내가 난다 싶었다. 도령의 펄럭이던 비단 도포를 떠올리며 철 지난 자신의 허름한 옷과 낡은 짚신을 내려다보았다. 처형 집행 때도 사람들 눈에 안 띄게 돌담 뒤에 숨어 처형장의 동정만 살폈었다. 친구의 부탁을 저버릴 수 없어 이곳까지 온 것이다. 이 순간에도 가족을 떠나 나라를 지키는 데 혼신의 힘을 쏟을 친구가 생각났다.

"이곳 포구에서는 칼 한 자루의 역량에 따라 왜놈들 모가지 수십 개가 왔다 갔다 하지. 그래서 힘이 좋은 칼이 간절히 필요하다네."

어쨌거나 소문처럼 저 더벅머리 망나니가 휘두르는 남원칼은 보통이 아닌 듯했다. 조선 역사 이래 대처형(大處刑)이 이루어진다는 방(防)을 보고 찾아왔었으니 이 어찌 어부지리(漁父之利)가 아닐까. 칼도 보고 칼 임자도 찾고. 그의 마음은 어느새 새 관찰지인 남원으로 달려가고 있었다.

그는 성큼성큼 검돌 뒤를 따랐다. 검돌은 돌담을 벗어나 피밭을 지나갔다. 그리고 모래밭을 걷다가 이내 평평한 길로 들어섰다. 길가의 앙상한 나뭇가지엔 드문드문 죄인의 목이 걸려있었다. 대막대기에 꽂히거나 더러는 동네 대문 위에 걸린 채 까마귀밥이 되기도 했다.

검돌은 매달린 목이 노려보는 것만 같아 눈을 꼭 감고 달렸다. 그러다 자기 목을 만지며 안심했다. 강바람은 살얼음처럼 매서운데 등에서는 진땀이 났다. 집에 가면 혼날 요량을 하고 있지만 도령 이야기는 절대 비밀이다. 피밭 이야기는 더욱 그렇고. 검돌은 속도가 더 빨라졌다. 도포를 입고 뒤따르는 사람도 덩달아 헉헉거릴 수밖에 없었다.

한편 피밭의 광란이 끝나자 망나니들은 칼을 강가로 가져갔다. 살얼음이 낀 물에 칼의 선혈을 씻자 물살 속으로 붉은 피가 연기처럼 휘어지며 흩어졌다. 그 후 깨끗해진 칼을 들고 시린 손을 호호 불며 앞서거니 뒤서거니 걷기 시작했다. 칼을 정리해 놓아야 하루의 고된 일과가 끝나기 때문이다. 엄청난 작업량에 취기도 광기도 사라진 지 오래라 갑자기 혹독한 추위가 뼛속까지 파고든다. 망나니들은 한숨을 푹푹 내쉬었다.

"아이고, 언지나 이놈의 목감지 베는 일을 관둘까?"

"시끄러워! 항상 하는 소리. 우리 같은 천민은 죽는 날에야 일이 끝나는 거요."

"진짜 그럴 것 같소. 오늘도 우리 검돌이가 구경 못 오게 마누라에게 신신당부는 해두었는데."

"너무 가족을 믿지 마소. 조선 방방곡곡에 오늘 이 대사건을 모르는 사람이 어디 있을라고. 더욱이 피밭 근처에 사는 아이들이 어찌 이걸 모를까?"

검돌 아버지가 말했다.

"산 사람 목을 자르는 애비 직업을 어떻게 알려야 할지가 걱정이지요."

"에린 것들의 눈을 막고 주댕이를 막는다고 모르겠는가? 대대손손 이 짓을 계속할 거시 애달퍼서 그라지. 아직 에린 자슥 놈이라도 어느 정도는 알려줘야 할 것 같어."

충청도 출신 망나니도 한마디한다.

"타고난 운명을 워찌 거역하겠슈? 죽어서나 이 짓을 안 혀야 헐 틴디 말여유."

"오늘은 웬 놈의 죄인이 그리 많은지. 힘들어 죽는 줄 알았어."

"우덜이 술기운으로 버티지. 그게 어데 사람 헐 짓인가? 산 사람이 산 사람 멱을 따는 게 말이여."

"자, 그만들 합시다. 어서 칼 정리하고 가자고요. 오늘 받은 돈으로 우리 검돌이 고기 한 점이라도 먹여야지."

더벅머리 휘광이 앞장서서 창고의 문을 열었다. 얼굴만 들이밀고 벽 쪽으로 '궁'을 던져놓았다.

"너 이놈, 대단한 줄 알았더니 형편없는 칼이더군. 나를 어찌 그렇게 골탕 먹일 수가 있냐고!"

여태 쌓인 분을 삭이는 듯 말했다.

"휴, 너를 제대로 길들이려면 세월이 좀 걸릴 것 같다."

다른 망나니들도 칼을 던져놓은 채 뒤도 안 돌아보고 나갔다. 그들은 당분간은 이곳에 얼씬도 안 할 것이다. 사람 죽이는 일도 이제 신물이 난다. 죽지 못해 하는 일이지 사람이 할 짓인가 말이다.

'궁'은 다시 어둠 속에 갇혔다. 이제 두려움보다 서러움이 앞섰다. 사방을 돌아보아도 아무 말 없는 칼들이 그저 용하기만 하다. 아침에는 '궁'을 잡아먹을 듯 공격을 해대더니 모두 지친 모양이었다. 끔찍하고 무섭던 하루의 일을 잊고 싶은 거겠지. '궁' 역시 모래주머니를 매단 것처럼 온몸이 무거웠다. 어느새 깊은 잠 속으로 빠져들었다.

"달그락달그락."

꿈인지 생시인지 나무문을 긁는 소리가 들렸다. 주위를 봐도 모두 잠에 취한 듯한데 홀로 깨어난 '궁'만 귀를 기울였다. 소리가 잠시 멈췄다. 다시 잠을 청하는데 또 달그락거리는 소리가 들렸다.

"도련님, 약속한 거 여기 있어요. 아버지 허리춤에서 슬쩍했지요."

앳된 목소리에 '궁'은 귀를 쫑긋했다.

"좋다. 네 애비가 술 깨기 전에 돌려놓아야 하니 어서 서두르자."

이윽고 문빗장이 삐걱 열렸다. 시꺼먼 어둠 사이로 그림자 두엇이
살금살금 들어왔다.

"야, 이렇게 어두워서 어쩌라고? 불이라도 댕겨야지."

"도련님, 아, 안 돼요. 행여 불빛이 새나가면 들키잖아요!"

"이 겁쟁이야. 이 외딴곳에 누가 있겠어?"

작은 그림자가 갑자기 '궁'의 몸을 더듬거리는 것 같았다. '궁'은 몸
을 사렸다. 큰 그림자가 횃불을 댕겨 작은 그림자가 있는 곳을 비췄다.
칼날과 손잡이에 새겨진 「남원도 '궁'」이 선명하게 모습을 드러냈다.

"여, 여긴데요."

소년의 말이 떨어지자마자 커다란 그림자가 휙 달라붙었다. '궁'은
어느새 거친 손끝으로 옮겨졌다. 기를 넣거나 몸을 세울 틈도 없이 순
식간에 당한 공격이었다. 다시 어디론가 덜컹 던져지는 순간 말이 앞
발을 들며 히힝 울었다.

"마부 영감, 살살 다뤄야지. 좋은 칼은 여자 다루듯 조심히 다뤄야
하는 법!"

"헤헤, 맞는 말씀이지라."

도령이 작은 그림자에게 다짐을 했다.

"우리가 칼을 꺼내 간 것을 본 사람은 검돌이 너 말고는 없는 거다!"

소년은 어둠 속에서 고개를 끄덕였다. 잠시 후 '철렁' 뭔가가 바닥에

떨어지는 소리에 흠칫 몸을 떨었다.

"옜다, 받아라 약속대로!"

소년은 어둠 속을 더듬었다. 그리고 바닥에 떨어진 주머니를 덥석 쥐었다.

'내가 지금 무슨 짓을 한 거지? 칼을 판 거야?'

소년은 두 손에 힘을 줘 다시 주머니를 움켜쥐었다.

"여봐라, 꼼지락거릴 시간이 아니다. 어서 가자."

"예, 도렌님."

마부가 후다닥 마차에 앉았다. 도령은 칼이 놓인 마차 뒷좌석을 돌아보며 마부 옆으로 가서 앉았다. 얼핏 갸름한 홍의 얼굴이 스쳤다. 머지않아 그 대장간 아들 녀석 코를 납작하게 해줘야지. 저 칼을 휘두르며 조선을 지배하리라. 도령의 입가로 은근한 미소가 번졌다. 마차가 드디어 움직이기 시작하자 도령이 검돌을 돌아보며 소리쳤다.

"인마, 너는 효도한 거야!"

"효, 효도요?"

"네 애비가 이제 그 칼로 사람 멱을 딸 수 없으니 말이다."

"글지요, 효도가 뭐 달리 있간디."

마부도 한마디 거들었다.

"그런데 도련님은 누구세요?"

"흠, 어린놈이 별걸 다 묻네. 난 그 유명한 남원 사또 김소율의 아들이다!"

"아니, 도련님 성함이요."

"별 맹랑한 놈 다 보겠네. 김병서다, 김병서."

소년은 돈주머니를 얼른 저고리 속에 쑤셔 넣으며 주위를 두리번거렸다. 아버지께 이걸 드릴 날이 빨리 오면 좋겠다. 소년은 창고 문을 잠그는 것도 잊은 채 달리기 시작했다.

창고 뒤에 숨어서 그들을 지켜보던 사람이 혼잣말을 했다.

"이거 일이 점점 더 재미있어지는데. 남원으로 떠나기 전에 준비할 일이 더 많아졌군."

남자는 미소를 흘리며 자리를 떴다, 뛰는 놈 위에 나는 놈 있다며.

우정과 미움 사이

어둑해져서야 춘석은 아버지 시신을 찾아냈다. 강에서 떨어진 숲 쪽으로 시신을 모셔 오며 춘석은 오열했다. 숲 안쪽 모래 둔덕을 계속 파헤치는 그의 동작은 거대한 짐승의 분노였다. 희미한 달빛 아래 땀으로 번쩍이는 동물이 네 발로 포효하고 있었다. 홍도 어찌할 바를 모르며 춘석을 따랐다.

홍은 춘석에 대한 연민으로 가슴이 찢어지는 듯했다. 아버지를 자기 눈앞에서 떠나보내고, 어머니는 옥에 둔 아들의 심정이 오죽할까 싶었다. 모두가 원수로 보이는 게 당연지사일진대 하물며 아버지를 죽인 칼을 떠올리게 하는 홍이 눈앞에 있으니 정신이 온전할까 말이다. 그래도 홍은 춘석의 질퍽한 땀을 그냥 둘 수가 없었다. 그의 이마로 자기 옷고름을 갖다 댔다.

"놔둬!"

춘석이 장막이 찢어지듯 소리쳤다. 홍은 귀를 막은 채 비틀거렸다.

"사람 죽일 때는 언지고?"

춘석이 다시 포효했다. 홍이 행여 아버지 시신에 손이라도 댈까 봐 잔뜩 경계하는 눈치였다. 드디어 구덩이에 아버지 시신을 넣고 모래흙을 덮기 시작했다. 희미한 달빛이 구름 속에 숨어들자 시커먼 암흑이 천지를 휘감았다. 얼음장 아래로 흐르는 강물 소리가 우웅웅 강렬해졌다. 마치 피밭에서 죽어 나간 수많은 억울한 혼령들의 장송곡 같았다. 그 소리가 뒤통수를 잡아당기는 것만 같아 홍은 몸을 떨었다.

춘석도 뭔가 겁나는 듯 서둘러 무덤에서 일어섰다. 춘석이 앞장서자 홍도 뒤따르기 시작했다. 빨리 강가를 벗어나고 싶은 생각에 둘의 발걸음이 빨라졌다. 홍은 걸으면서도 '궁'이 눈에 밟혀 어두운 처형장을 자꾸 돌아보았다.

한참을 따라가다 홍이 뭔가 결심한 듯 춘석을 앞질렀다. 이번에는 춘석이 말없이 홍 뒤를 따랐다. 춘석이 점점 뒤로 처졌다. 모래무덤을 파느라 기진해서였는지, 아니면 아버지의 혼이 발을 잡아끄는지 발걸음이 천근만근 무거웠다. 춘석이 헉헉대며 물었다.

"어데 가는 거여?"

홍은 아무 말도 없었다. 춘석도 말없이 따라갔다. 어두운 모래밭을 지나 장승이 서 있는 들판을 건너 어떤 창고 앞에 섰다. 홍이 쓰러질 듯

창고를 향해 달려갔다.

"와, 창고가 열려있어!"

춘석은 아무런 대꾸도 하지 않았다. 동행하면서도 춘석은 홍에 대한 애증(愛憎)으로 괴로웠다. '궁'에 대해 치미는 분노를 홍에게 퍼부으면서도 마음이 편치 않았다. 어쩌면 아버지를 살리지 못한 게 자신의 죄인 듯싶어 화를 내는지도 몰랐다. 홍의 목소리가 들렸다.

"잠깐만 기다려!"

춘석이 밖에서 서성거리는데 멀리서 마차 소리 같은 게 났다. 깜짝 놀라 문 뒤쪽으로 숨었다. 깜깜한 문만 바라보자니 마음이 급해졌다. 마차 소리가 점점 커지자 창고에 대고 소리쳤다.

"홍, 얼렁 나와. 숨어야 혀!"

여전히 오리무중이다. 다시 소리쳤다.

"홍, 마차가 와! 싸게 나오랑게!"

"잠깐만. '궁'이 보이질 않아."

그제야 춘석은 창고를 노려보았다. 그곳이 '궁'이 있는 곳이라니 어처구니가 없었다. 열이 불끈 솟구쳤다. 혼자서 돌아서려던 순간 다시 몸을 돌렸다. 아무리 그래도 홍을 버리고 혼자 도망갈 수는 없었다. 춘석이 안에다 대고 소리쳤다.

"정신이 있어 없어? 누가 왔당게!"

문 입구에서 끼익 마차가 섰다. 돌아보니 엄청 커다란 마차였다. 그때 창고 안에서 뭔가가 후다닥 튀어나오는가 싶더니 쿵 넘어지는 소리

대장간 소녀와 수상한 추격자들

가 들렸다. 비명소리와 동시에 말이 히힝거렸다.

"저거 사람 비명소리 아니냐?"

젊은 남자 목소리였다.

"설마요. 구신 댕길 시간인디 누가 망나니 칼창고에 있을라구요?"

그림자가 굽실댔다.

"냉큼 서둘러라!"

명령에 마부가 더듬거리며 창고로 향했다. 그때 안으로 뛰어 들어간 춘석이 홍을 들쳐업고 문 뒤로 몸을 숨겼다. 마부가 창고 문에 도착한 순간 춘석은 땅에 납작 엎드려 창고 밖을 기고 있었다. 홍은 넙적한 춘석 등판을 꼭 붙든 채 몸을 맡겼다. 홍의 뜨거운 입김이 춘석의 목덜미에 닿았다. 춘석은 짜릿한 느낌에 몸을 떨다 이내 고개를 흔들었다.

'이건 아니여.'

홍을 거칠게 내려놓았다. 남자친구를 묘하게 느끼는 자신도 자신이지만, '궁'의 주인을 절대로 용서할 수는 없었다. 그때 춘석을 깨우듯 고함이 들렸다.

"영감, 마차를 지켜라. 아무래도 내가 가야겠어!"

도포자락을 펄럭이며 남자가 마차에서 뛰어내렸다. 문이 열려있어 다행이라고 안심하는 소리가 들렸다. 춘석의 등에서 내려온 홍도 숨을 죽였다. 춘석의 듬직한 등판이 너무 따뜻했다고 생각하는 순간 도포자락이 휙 지났다. 얼핏 본 얼굴에 깜짝 놀란 홍이 춘석 귀에 가만히 속삭였다.

"병서다!"

춘석은 입을 앙다물었다. 아버지를 괴롭히고 학당에서 홍을 만날 때마다 눈엣가시 같던 양반 놈! 여기서 만나다니 세상은 정말 좁았다. 홍이 갑자기 생각난 듯 떠들었다.

"저 마차다! 인자 집으로 갈 수 있어. 하늘이 주신 기회랑게!"

춘석은 여전히 묵묵부답이다. 홍이 주먹을 쥐고 다시 고개를 흔들었다.

"아니지. '궁' 없이는 절대 못 돌아가!"

그때 마부가 소리쳤다.

"도렌님, 그 칼집 얼렁 찾아오시랑께요!"

마부는 검돌과 헤어져 칼을 싣고 바삐 남원으로 향하던 와중에 허겁지겁 마차를 되돌리던 일이 떠올랐다. 도령이 칼집을 깜박하고 놓고 갔다며, 칼집이 없으면 아무도 보검을 알아볼 수 없다고 안절부절못했다. 하기야 속보다 껍질이 더 중요한 세상이 되었으니 그 말도 일리는 있었다. 마부는 슬그머니 말안장에서 호리병을 꺼냈다.

"크윽, 몰래 먹는 술맛이 꿀맛이구먼."

밤공기 속으로 싸구려 독주 냄새가 퍼졌다. 신이 난 마부는 호리병 주둥이를 나발 삼아 불기 시작했다, 권주가를 곁들이면서.

"불로초로 술을 빚어 만년배(萬年盃에) 가득 부어 비나이다, 남산수(南山壽)를.

약산동대 어즈러진 바위꽃을 꺾어 주(籌)를 놓으며 무궁무진 잡으시
오."

홍은 마부가 흐늘거리는 그 순간을 놓치지 않았다. 이제 '궁'이 병서
의 손에 있는 게 확실해졌다. 홍은 쾌재를 부르며 마차로 향했다. 춘석
을 잡아끌어 마차 뒤의 짐칸에 뛰어올랐다. 거구인 춘석도 날쌘 홍의
민첩함을 당할 순 없어 엉겁결에 타게 되었다. 마차 뒤 칸에는 각종 잡
동사니가 수북했다.

마차에 누워있던 '궁'은 뭔가 양옆에 눕는 걸 느꼈다. 이어 거적때기
들썩이는 소리가 들렸다. 대장간에서 피밭으로 끌려갈 때도 이렇게 홍
누님이 옆에 숨어서 갔었다. 벌써 그때가 까마득한 옛일처럼 느껴지는
데 며칠 만에 엄청난 일들이 일어났다. 이제 앞날이 어찌 될지 알 수가
없다. 그때 속삭이는 소리가 났다.

"춘석아, 우리 사이에 있는 게 분명히 '궁' 맞지?"

'궁'은 춘석이라는 말에 가슴이 덜컹 내려앉았다. 그러나 춘석은 아
무런 말이 없었다. 다시 익숙한 목소리가 또 속삭였다.

"쉿, 병서다! 병서가 돌아온다. 얼렁 납작 엎디려!"

'궁'은 펄쩍 일어설 뻔했다. 바로 홍 누님 목소리였다. 이어 도령이
헉헉대며 뛰어오는 소리가 들렸다.

"여차! 우선 칼 옆으로 가 있어라!"

병서가 칼집을 '궁' 옆으로 슬쩍 던졌다. "아얏!" 홍이 가는 비명을

질렀다.

"뭐, 뭐야? 무슨 소리지?"

마차 앞자리로 가던 병서가 고개를 휙 돌렸다. 마부가 횡설수설했다.

"도렌님, 구신이 씨나락 까먹는 소린갑네요! 에이, 헛소리를 들으신 거구먼요."

마차는 어두운 밤을 뚫고 달리기 시작했다. '궁'은 어느새 쌕쌕거리며 잠든 홍 누님의 숨소리에 안심이 되었다. 대장간에서 홍 누님이 고단해서 낮잠을 잘 때면 내던 익숙한 소리였다. 어쨌거나 홍 누님이 곁에 있으니 든든하기가 이루 말할 수 없었다.

「누임, 한양에 올라갈 때매니로 남원으로 내려가는 마차까지 함께 타다니 이거이 꿈이요 생시요?」

마차는 어둠 속을 하염없이 달리다 먼동이 트는 새벽을 뚫고 갔다. 어느새 대낮 햇살을 받다가 저녁이 오면 주막에서 쉬었다. 마차는 다음 날도 덜컹거리며 어둠 속을 달렸다. 희미하게 인가가 보이기 시작하자 마부가 도령을 깨웠다.

"도렌님, 인자 쪼매 일어나보시요. 벌씨 전주가 가찹당께요."

도령은 아직 한밤중이었다.

"얼릉요, 도렌님. 얼래? 저그 구신 아녀라!"

병서가 화들짝 놀라 고개를 들자 눈앞에 허깨비 같은 게 떠 있었다.

"저, 저그 보쇼잉. 저짝 기와지봉."

"저기는 풍남문이 아니더냐?"

대장간 소녀와 수상한 추격자들

"마, 맞는디. 저그 덜렁거리는 윤 대감 모가지가 뵈잖여라?"

"헛것만 보이는 그런 시원찮은 눈은 뒀다가 어디에 쓸꼬. 그 작자 시신은 지금쯤 흙 속에서 푹푹 썩고 있을 텐데."

"허기사 윤 대감 간 지가 이레는 되었응게요. 쉰네가 허하기는 허한 모양이어라. 헛것이 뵌당게요."

병서도 뭔가 찜찜한 모양이었다. 헛기침을 해대며 자꾸 풍남문 처마 밑을 돌아보았다. 거적때기 속에 갇힌 홍도 부르르 몸을 떨었다. 인자하고 깊은 눈빛으로 교리를 가르치던 윤 대감이 자꾸 어른거려 소리 없이 흐느꼈다. 병서가 말했다.

"그 상놈, 윤 대감은 패륜아가 아니더냐? 부모 제사도 거부한 놈. 형장으로 끌려나갈 때도 그 호래자식은 잔치에 나가는 사람처럼 즐거운 표정이었다지?"

"도렌님, 그란디 닷새나 처박아둬도 윤 대감 시체가 온전했다고 혀요. 닷새 후에 얼굴의 피를 닦으니께 금방 죽은 것매니로 수건에 뜨끈한 피가 찍혔당게요. 뭐신가 껄적지근헌게 관아에서도 쉬쉬허면서 그 양반 머리통을 풍남문 처마에 걸어뒀다더만요."

홍은 윤 대감님을 떠올리며 마음을 가다듬자 거짓말처럼 추위와 허기가 사라졌다. 풍남문 처마에서 인자한 윤 대감님이 내려다보는 것만 같았다. 바람결에 그분 말씀이 들리는 듯했다.

"두려움은 스스로 만드는 겁니다. 두려움을 버리고 대부님께 맡기면 희망과 평안을 얻습니다. 그분을 믿고 따르면 온갖 근심 걱정 두려움이 다 사라집니다."

그때 병서 목소리가 사색을 깨뜨렸다.

"참새가 어찌 방앗간 앞을 그냥 지나가겠어?"

마부는 벌써부터 해장술을 마실 기쁨에 들떠 마차를 더 급히 몰았다. 풍남문을 빠져나간 마차는 마을을 대여섯 부락 더 달렸다. 그리고 솔밭을 지나 한적한 마을을 건너 한벽루가 뵈는 소나무 아래 섰다. 주막에서 여자 목소리가 들렸다.

"어서 오셔라우."

병서가 도포자락을 펄럭이며 주막으로 들어갔다. 마부와 도령이 사라진 후 춘석 배가 꼬르륵거렸다. 홍도 허기가 지는데 덩치 큰 춘석이 오죽할까도 싶었다. 하지만 아무런 도리가 없었다. 홍이 춘석을 밀며 말했다.

"시방('지금'의 전라도 방언)이여!"

"커! 술맛 한 번 좋~다! 보검을 입수한 기념으로 쭈~욱!"

주막 안에서 지르는 소리에 멈칫했다가 이내 홍이 춘석을 밀며 다그쳤다.

"춘석아, 뛰어내리란 말여!"

춘석이 마차에서 내리자 홍이 쏜살같이 '궁'을 집었다. 그걸 춘석에게 건네준 홍은 칼집을 들고 내렸다. 홍이 다가가니 춘석이 마차 귀퉁이를 붙잡고 비틀거렸다. 칼을 든 손이 떨리고 있었다. 홍이 춘석의 팔을 붙잡았다.

대장간 소녀와 수상한 추격자들

"왜 그려?"

"이 웬수 놈의 칼. 왜 그리 이 칼에 집착하는 거여?"

"아니 뭔 말을 그리 혀?"

"이게 나라를 지킬 칼이라고? 나라가 나헌티 혀준 게 뭔디? 나처럼 천한 놈은 왜놈 손에 죽으나 천덕꾸러기로 뼈 빠지게 일만 허다 죽으나 한시상 매한가지여."

"그게 아녀. 언젠가 말해줄 날이…."

"시끄럽구먼!"

춘석이 귀를 막으며 홍의 손을 팽개쳤다. 아버지를 구해줄 줄 알았던 '궁'의 손에 죄 없는 정 대감과 아버지가 죽었다. 믿는 도끼에 발등을 찍혔다. 그런 '궁'을 눈앞에 그냥 두고 볼 수만은 없었다. 홍에게까지 치미는 분노도 어찌할 수 없기는 마찬가지였다. 그러지 말자고 자신을 닦달할수록 칼이 더욱 증오스러웠다. 불현듯 춘석이 강물을 향해 달리기 시작했다. 홍이 따라가며 울부짖었다.

"춘석아, 안 돼! 지발 돌아와."

춘석은 미친 듯 빨라졌다. 달그락달그락 자갈 부딪치는 소리만 부산하게 밤 강가를 울렸다. 홍이 절규했다.

"춘석아, 지발 좀 용서해줘!"

춘석은 강가로 내달렸다. 찰랑대며 넘실거리는 하얀 포말이 춘석의 발목으로 밀려들었다. 춘석이 혀를 넘실거리는 강물에 칼을 던지려는 순간 홍이 울부짖었다.

"왜 그리 내 속을 몰라줘!"

춘석이 멈칫한 순간 메아리가 또 울렸다.

"넌 내 맘을 암것도 몰러."

춘석이 흠칫 강가를 돌아보았다. 홍이 막 강물로 뛰어들고 있었다. 그러다 눈 깜짝할 사이에 춘석을 지나 달려갔다. 휘어지는 은빛 물살이 홍의 허리를 거칠게 휘감았다. 갑자기 회오리바람이 만든 소용돌이가 홍을 집어삼켰다. 춘석이 비명을 질렀다.

"안 돼!"

삽시간에 홍의 까만 머리칼이 보일 듯 말 듯 물 위에 흔들거렸다. 춘석은 '궁'을 자갈 위에 내던진 채 물속으로 뛰어들었다. 물이 독침처럼 싸늘하게 춘석 허리를 휘감았다. 어지럼증이 일었다. 차가운 냉기가 머리끝에서 발끝까지 휘감고 지나갔다. 그때 홍의 희끗한 옷자락이 물 위로 떠올랐다.

뻗은 춘석의 손끝이 겨우겨우 홍의 옷자락에 닿았다. 물살과 씨름하며 홍을 어깨에 둘러메긴 했지만, 물에 젖은 솜처럼 축 처지는 무게에 춘석은 당황했다. 비틀거리며 물살을 헤쳐 나오다가 우뚝 서버렸다. 점점 깊은 곳으로 가고 있었다. 강가가 아니었다. 눈을 드니 멀리 감청색 하늘가에 한벽루가 떠 있었다.

'저그다! 강가가.'

춘석은 무조건 한벽루 쪽으로 물살을 헤치고 나아갔다. 강가로 나오자마자 기진한 춘석은 홍과 함께 쓰러졌다. 회오리바람은 가셨으나 강

대장간 소녀와 수상한 추격자들

가의 새벽 추위에 뼈끝이 아렸다. 그때 돌아눕던 춘석의 눈에 언뜻 홍이 보였다. 춘석은 벌에 쏘인 듯 벌떡 일어나 앉았다.

'살려야 혀!'

그는 홍을 흔들기 시작했다. 홍 옷자락의 물기를 짜고 또 짜냈다.

"지발, 지발 눈을 떠봐. 홍아."

홍은 꼼짝도 하지 않았다. 구부린 채 홍의 가슴에 귀를 바짝 갖다 대었다. 다행히 가는 숨소리가 들렸다. 새벽어둠 속에서 홍과 춘석의 하얀 입김이 마주쳤다가 찬 공기 속으로 퍼져나갔다. 그때 홍이 쿨럭 물을 뿜으며 꿈틀했다. 얼른 홍을 뒤집자 몇 번 물을 토하더니 다시 눈을 감았다.

춘석은 홍의 손발을 주무르며 옷의 물기를 짜냈다. 가능한 한 홍과 몸뚱이를 밀착시킨 채 온 힘을 다해 홍을 껴안자 점점 따뜻함이 전해졌다. 그러나 뼛속까지 달라붙은 냉기는 좀체 가시지를 않았다.

그때 갑자기 홍이 몸을 뒤척였다. 저고리가 아래로 깔렸었는지 부지직 찢어지는 소리가 났다. 춘석이 손으로 더듬거리며 옷을 매만져 주었다. 그러다 홍의 옷고름이 풀어져 손에 잡혔다.

"앗?"

풀린 앞섶 사이로 희고 봉긋한 젖무덤이 살짝 드러났다. 춘석은 침을 꼴깍 삼키며 눈을 비볐다. 희미한 새벽달이 부끄러운 듯 엿보고 있었다. 가슴이 벌렁거리며 세차게 뛰기 시작했다. 고개를 돌린 채 옷고름을 묶어주는 춘석의 손가락이 덜덜 떨렸다.

"워찌 이런 일이?"

자꾸 부연 속살이 어른거려 춘석은 고개를 흔들었다. 그 순간 홍이 부르르 떨더니 몸을 뒤척이는 듯했다. 눈을 가늘게 뜨고 주위를 두리번거렸다.

"내가 왜 여기에?"

홍이 벌에 쏘인 듯 벌떡 일어나 앉더니 춘석을 노려보았다.

"나쁜 자슥!"

춘석의 볼을 세차게 내리쳤다. 춘석은 얼떨결에 볼을 감싸며 돌아섰다.

"'궁'은 어데 두고?"

춘석은 엉겁결에 자갈밭을 가리켰다. 홍이 일어서자 저고리 앞섶이 저절로 벌어졌다. 당황한 홍이 저고리를 여몄다. 아직도 물이 뚝뚝 떨어지는 옷자락을 보며 춘석이 나지막이 말했다.

"몸띵이를 말려야 혀. 고뿔 걸리겄다."

"됐어. 그러는 너나 잘 혀."

"어쩌튼 움직여야 혀. 시방이 젤루 추울 땐게."

홍이 달달 떨면서 칼집을 주워들자 춘석도 말없이 칼을 챙겼다. 둘은 말없이 걷기 시작했다. 앞서가던 홍이 춘석을 불렀다. 춘석이 돌아보았다.

"왜?"

홍은 뜨거운 눈물이 쏟아져 말을 더듬거렸다.

대장간 소녀와 수상한 추격자들

"고마워서."

"…."

"이 칼은 억울하게 죽은 울 엄니랑 오래비 궁의 혼이 서린 칼이여. 영산포구에서 나라를 지키며 오래비의 한을 풀어주라고 아부지가 맹그셨는디 피밭으로 끌려와 이런 끔찍한 일에 휘말리고 말았어. 흐흑."

홍이 흐느끼기 시작했다. 춘석이 가만히 홍의 어깨에 손을 얹었다.

"그려…. 왜 그리 그 칼을 애꼈는지 인자 다 알겠구먼."

"칼을 찾았으니 내가 뭘 더 바라겠어? 춘석이, 미안혀."

"내가 더 미안혀."

"우리 함께 느그 아부지를 위로헐 수 있는 길을 찾아보자. 진주에 가보는 건 워뗘?"

홍은 진주 이야기를 꺼냈다. 춘석도 아버지를 잃었다는 슬픔 때문에 깜박 잊고 있었다며 반색했다. 둘은 천민들이 모여드는 그곳에 가서 함께 천민 운동을 돕자는 이야기를 하며 소나무밭에 다다랐다. 홍이 잠깐 멈췄다.

"여기 적송 아래, 여그다 칼을 숨겨둘라고."

춘석은 말없이 낙엽을 헤쳤다. 뭔가를 생각하듯 잠깐씩 눈을 감았다가 다시 흙을 파기 시작했다. 저고리를 벗어젖힌 반팔 속옷 사이로 돌덩이 같은 팔뚝 근육이 불끈거렸다. 홍은 그곳에 안겨 한없이 울고 싶었다.

"이리 줘봐."

춘석이 퉁명스레 말했다. 홍은 화들짝 놀라 칼집을 건네주었다. 춘석이 화난 듯 칼집 속에 '궁'을 넣었다. 철컥 소리와 함께 '궁'이 칼집으로 들어갔다. 이번에는 홍이 구덩이를 가리켰다. 춘석은 그곳에 칼을 넣은 후 흙과 낙엽을 덮었다. 홍은 나중에 찾기 쉽도록 주머니에서 하얀 실 가닥을 꺼내 나무에 묶었다. 둘은 다시 길을 떠났다.

"악!"

앞장서던 홍이 돌부리에 채여 넘어지는 순간 춘석이 홍을 잡아 세웠다. 둘은 껴안은 채 한참을 그대로 있었다. 둘의 몸이 따뜻하게 녹고 있었다. 춘석은 그 순간이 영원하길 바랐다. 그러다 누가 먼저랄 것도 없이 둘은 부리나케 몸을 떼었다. 둘 다 얼굴이 벌게졌다. 서로의 얼굴이 안 보여 천만다행이었다.

주모, 비밀을 보다

"자, 어서 떠나야지. 날이 새기 전에 남원에 닿아야 하니까 말이야."

병서는 조반('아침밥'의 옛말)으로 콩나물국밥과 함께 걸친 전주 모주
(술지게미에 물을 타서 뿌옇게 걸러낸 탁주)에 취해 횡설수설했다. 막걸리에
약재를 넣어 끓인 술이라 도수는 약하지만 제법 마신 탓이다. 마부 역
시 혀가 꼬였다.

"주모, 다음에 들를 때는 이쁜 색시 한 명 꼭 들여놓는 거여! 우리 도
렌님이 심심허시잖여."

취할 대로 취한 병서가 휘청거리며 주모에게 쓰러졌다. 주모가 아침
부터 술타령이냐고 구시렁거리며 도령을 받아 일으켰다. 병서가 비틀
거리며 동전 한 냥을 주모 앞에 던졌다.

"옛다, 오늘은 덤이다! 팔자 고칠 일이 생겼거든."

주모가 혼잣말처럼 투덜댔다.

'그라믄 쪼께 더 쓰지 야박허기도 혀라. 그냥 손에 주면 으디 덧나나?'

그래도 술 한 상 차려주고 사흘 치 국밥은 번 셈이다. 엎드려 동전을 줍기 시작하는데 마차가 떠나갔다. 주모는 씩씩하게 팔을 저으며 주막으로 들어갔다. 밖을 살핀 후 가슴을 칭칭 감은 넓은 무명 젖가리개를 빼냈다. 시원한 게 날아갈 것만 같다. 젖이 차올라 퉁퉁 부픈 가슴이 아파왔다.

'울 애기는 언제 오려나?'

밖을 내다보니 큰딸 간난이가 제 동생을 들쳐업고 주막으로 들어서는 게 보였다. 뛰어나가 아기를 받아 안아 젖부터 물렸다. 굶주린 아기는 덥석 두 손으로 엄마 젖을 움켜잡고 젖무덤에 고개를 파묻었다. 꿀꺽꿀꺽 젖 빠는 소리가 힘찼다. 태어난 지 첫돌도 안 된 녀석을 집에 두고 주막에서 일해야만 하는 신세가 서글프다.

도공 일을 하다 작년에 왜놈들 손에 쓸려간 남편의 행방은 묘연했다. 남편을 기다리며 행여나 하고 산 게 해를 넘겼다. 그래도 남편이 올 때까지는 어떻게든 오누이를 굶기지 않고 키워야 한다.

"아이고 시원타. 이러다 진짜 절벽 젖이 되겠어."

젖을 먹이며 비몽사몽간에 눈을 뜨니 간난이가 마냥 서 있었다. 깜짝 놀라 몸을 추스른다.

대장간 소녀와 수상한 추격자들

"아이고, 내 정신 좀 봐. 을매나 배가 고프겄냐. 간난아, 저그 술국에다 보리밥 한술 말아 퍼뜩 떠라이."

6살밖에 안 된 것이 아기를 돌봐주는 게 그저 고맙기만 하다. 역시 딸은 살림밑천이라는 말이 맞는 성싶다.

"엄니, 밖에서 무신 소리가 들리는 것 같아요."

"야는, 새복부터 뭔 손님이 오겄어."

"아닌디, 저짝에 사람 두 명이 오는디요."

주모는 허겁지겁 저고리를 여미며 손님을 맞으러 나갔다. 다가오는 길손이 먼저 말을 건넸다.

"아줌니, 뭐 먹을 것 좀 있을랑가요?"

덜덜 떠는 두 청년의 옷은 엉망이었다. 쥐어짠 듯 아직도 물이 떨어지는 걸 보니 무슨 일을 당했거나 쫓기는 게 분명했다. 행색이 변변찮은 것을 보니 양반은 아닌 듯해 주모는 오히려 마음이 편해졌다. 특히 작은 청년은 동생인 듯 안쓰럽다.

"아이고, 저 옷 좀 봐. 얼어 죽겄소. 어여 들어와 옷부터 말려야 쓰겄구먼."

작은 청년이 앞가슴을 팔로 감싼 채 떨면서 들어왔다.

"죄송허지만 실이랑 바늘을 쪼매 빌려주시겄어요?"

"봐봐요. 내가 꼬매주께."

작은 청년이 화들짝 놀라며 자기가 하겠노라 했다. 구석으로 가 앉더니 실을 꿰고, 주머니에서 옷고름을 꺼냈다. 돌아앉은 등 뒤로 바느

질을 하며 오르내리는 손만 보였는데, 제법 능숙한 게 신통하다고 생각하며 주모는 밥을 챙기러 정지(부엌)로 갔다.

춘석은 멍하니 아기를 바라보았다. 새근새근 잠든 아기를 보니 문득 어머니 생각이 났다. 어머니랑 사는 저 아기가 눈물 나게 부러웠다. 정지 쪽을 돌아보았다. 허리를 굽힌 채 음식을 차리는 저 여인이 내 어머니였으면 오죽 좋을까마는 아버지 면회를 갔던 어머니마저 감옥신세가 되고 말았다.

'엄니는 감옥에서 워찌 지내실까? 죽지 않으면 언젠가는 다시 만나겄지.'

주르르 눈물이 흘러내렸다. 아기가 춘석을 바라보며 까르륵거렸다. 춘석은 얼른 눈물을 훔치고 웃어주었다.

'건 그렇고 홍의 정체는 뭘까?'

우연히 여자인 걸 알게 됐지만 속았다는 미움보다 안타까운 마음이 먼저 솟았다. 학당 뒤에서 놀다 언뜻언뜻 살이 스칠 때마다 화들짝 놀라며 고쳐 앉곤 하더니 이제야 이해가 된다.

'엄니는 분명히 알고 있었을 거여.'

어릴 때부터 홍을 키워줬으니 모를 리 없다. 홍이 모친을 여읜 이야기도 동네 사람을 통해 들었다. 춘석 어머니는 홍에게 항상 고마워했다. 당신 아들에게 글을 가르쳐주고 함께 노는 두 아이를 보며 흐뭇해했다. 홍이 남장여아라는 비밀을 끝까지 지켜준 어머니는 곰처럼 묵직하고 충직하셨다. 아들인 자기마저 감쪽같이 몰랐으니까 말이다.

"홍은 백정인 우덜과는 신분이 달러. 또 니 누이뻘이잖여? 긍게 더 이상 생각하면 안 되는 것이여."

그 안 된다는 말이 지금 이 순간 미치도록 싫다.

'아니여, 아니여.'

춘석은 머리를 세차게 흔들었다. 홍의 뒷모습이 다른 때와 달리 더욱 애처로워 보였다. 가만히 안아주고 싶었다. 울컥 뜨거운 것이 목구멍에 차올랐다. 주체할 수 없는 불덩이 같은 게 가슴 한복판을 태우고 지나간다. 춘석은 부뚜막 옆의 불쏘시개 하나를 꺼내 훅 불었다. 장작불이 화려한 불꽃을 만들며 타올랐다. 잠시 후 불이 사그라지며 잿빛 재만 남았다.

'인생도 이 재와 같은 것을. 한번은 원도 없이 불타고 싶다!'

언제 왔는지 춘석 뒤에서 홍이 옷을 말리고 있었다. 옷고름이 단정히 매어져 있는 미소년으로 변한 홍을 보며 춘석은 흠칫했다. 홍이 낮은 소리로 말했다.

"고마웠어."

춘석은 속마음과 달리 퉁명스레 말했다.

"고마워허지 말드라고. 내 맴이 완전히 니를 용서하지는 못헐 것이여."

홍이 고개를 떨어뜨리는데 정지에서 소리가 들렸다.

"옷들 좀 말렸는가? 얼렁 와서 뜨거운 걸 좀 들어. 밤새 걸었으니 을매나 힘들것어?"

뜨거운 국밥이 넘어가니 추위도 허기도 싹 가셨다. 춘석은 이대로 퍼지고만 싶었다. 슬슬 졸리기까지 했다. 간밤에 한잠도 못 잔 데다가 몸이 녹으니 삭신이 녹녹해졌다. 홍이 가만히 일어섰다.

"아줌니, 측간이 어데여요?"

"저그 저 뒤짝으로 돌아가면 있어."

홍이 주막을 나간 뒤 춘석은 어느덧 코를 골기 시작했다. 주모가 춘석을 보며 혀를 끌끌 찼다.

"에고, 무신 일이기에 저리 피곤햐?"

주모도 갑자기 소피(소변)가 보고 싶어 밖으로 나갔다. 막 측간 쪽으로 들어선 소년의 뒷모습이 보였다. 주모도 부지런히 걸었다. 짚으로 지붕을 얹어 두 칸을 막은 측간의 한쪽은 남자용이고, 다른 한쪽은 여자용이었다. 소년이 힐끗거리며 뒤를 돌아보더니 여자 측간으로 쓱 들어갔다. 주모는 깜짝 놀라 나무 뒤로 숨었다.

'이게 뭔 일이여, 숭허게스리. 아무리 어려도 사내는 사낸디.'

소년이 곧 측간 거적때기 문을 밀치고 밖을 살폈다. 그리고 태연스레 주막으로 들어갔다. 주모는 가슴이 파르르 떨렸다. 어쩐지 얼굴이 너무 곱다 했더니만. 아니다, 그런 일이 아닐지도 모른다. 요즈음 궁에서 내시를 뽑아 여아로 키운다더니 혹시? 이런저런 생각을 하며 엉덩이를 털었다.

'으! 시원타.'

산후 두이레 동안 제대로 소피를 못 보았던 때가 있었다. 아이를 낳다 밑에 생긴 상처 때문이었다. 제대로 앉지도 서지도 못하던 걸 생각하니 치가 떨렸다. 그래도 그런 거 다 잊고 애를 낳고 또 낳는 여자들이 대단하다. 그 후로는 측간에 올 때마다 감사하는 마음으로 소피를 봤다. 주막으로 돌아오니 간난이가 손을 내밀었다.

"이게 뭣이여?"

주모는 얼른 주막 안을 돌아보았다.

"아니 요것들이 시방 인사도 없이 떠나버렸다 이거여? 괘씸허구먼."

"이거 아까 그 오라버니들이 엄니헌테 주래요."

그제야 간난이가 엽전을 쥔 손바닥을 폈다.

"어느 쪽으로 가는지 봤냐?"

간난이가 남원 가는 길을 가리켰다.

"바뻐서 인사 못 드리고 간다고 전해달라고 혔는디요."

주모는 멍하니 그쪽을 보며 한참을 서 있었다. 그들이 떠난 소나무 오솔길로 맑은 햇살이 반짝였다.

"그랴, 내 정신 좀 봐라. 애기 잘 때 싸게 국밥이라도 끓여둬야 쓰겄다."

요 며칠 새 부쩍 한양과 남원을 오가는 손님이 많아졌다. 그들은 괴나리봇짐(걸어서 먼 길을 떠날 때 보자기에 싸서 어깨에 메는 작은 짐) 하나씩 지고 와서는 전주 주모의 주막에서 쉬어갔다. 어느새 별별 사람도 많이 만났지만 오늘처럼 친구끼리 걷는 일은 흔하지 않았다.

'근디 봇짐도 없이 맨손이었잖여? 분명 뭔가에 쫓기는 것 같았는디. 이 깊은 산중에 워쩐 일이랴?'

청년의 말간 얼굴이 자꾸 눈에 밟혔다. 그때 간난이 소리가 들렸다.

"엄니, 애기 깼어라!"

주모는 얼른 안으로 뛰어 들어갔다.

추격자들

술에 취한 두 남자를 태운 마차가 흙먼지를 잔뜩 일으키며 느릿하게 굴러갔다. 마차도 술독에 빠진 듯 비틀거렸다. 한참을 흔들거리며 가다 병서가 소리쳤다.

"빨리 달려라. 어서 남원에 닿아야 한다."

아버지의 노발대발한 얼굴이 자꾸 어른거렸다. 하라는 과거공부는 안 하고 칼에 빠진 병서를 항상 못마땅해하는 아버지다. 그나저나 주막에서 술타령하는 동안 시간이 꽤 흘렀나 보다. 깊은 산세를 타고 평야를 지나니 늦은 겨울 햇살이 드리운 은빛 하천이 나타났다. 이제 거의 임실에 가깝다는 소리다.

"자, 정신줄을 똑바로 잡아야지!"

병서도 긴장의 끈을 늦추지 않았다.

"도렌님, 이 늙은이가 있으니 걱정헐 필요 없당게요. 말이 달리는 한 싸게 갈 수 있응게."

그래도 병서는 안심이 되지 않는다. 자기 몸을 챙기는 데는 철저히 용의주도한 인물이다. 이리저리 망을 보며 민첩하게 하천을 훑어보았다.

"아, 아름다운 곳이네. 쉬어가고 싶지만 시간이 금인지라."

"도렌님, 저그가 사선대지라. 근디 날씨가 얼음장 같응게 신선 넷도 딴 디로 가버렸는갑네요."

"잠깐 멈추어라. 저 소나무에 거름이나 주고 떠나자. 최고급 거름으로 말이야."

"히히, 우리 도렌님맨치 나라 사랑허는 사람이 으디 또 있을라고요?"

병서는 세찬 오줌발로 이곳저곳 포물선을 그렸다. 이렇게 떡 버티고 서서 으스대는 쾌감이라니! 이제 조선 최고의 칼을 쥐었는데 세상에 부러울 게 없었다. 병서는 몸을 떨며 앞자락을 올렸다.

"잠깐 쉬는 김에 어디 우리 귀한 보검이 잘 계신지 한번 보고 갈까?"

"도렌님도 참 어련허시다니께. 얼렁 보고 오쇼잉."

마부는 마차에 앉아 출발할 준비를 했다.

"카, 칼이 없어졌다!"

도령의 비명이 귓전을 찢었다. 마부는 칼이 없어진 게 자기 죄라도 되는 듯 굽실대며 어쩔 줄을 몰랐다. 둘은 아예 마차 안으로 올라서서 이곳저곳을 뒤지기 시작했다. 거적때기 양옆이 볼록한 게 금방 사람 몸이 빠져나간 형상이었다. 온기까지 느껴지니 기가 찰 노릇이었다. 그곳을 발로 툭툭 치던 마부가 소리쳤다.

"도렌님, 싸게 주막으로 돌아가야 쓰겠구먼요."

"그렇지, 우리가 마차를 세웠던 곳은 주막밖에 없었어. 분명히 그곳에 다른 놈들이 있었던 게 분명하다."

술기운이 천리만리 달아났다. 마부는 벌써부터 온몸이 떨리기 시작했다. 칼이 이대로 없어지면 도령의 횡포가 하늘을 찌를 게 뻔했다. 한번 성질이 나면 물불을 못 가리는 위인인지라 사또마저 제 아들 성깔에 혀를 내둘렀다.

둘을 태운 마차가 돌아왔던 길을 거꾸로 내달리기 시작했다. 분홍물이 오른 진달래를 보자 말이 꼬리를 올렸다 내렸다 장난을 쳤다.

"나는 속이 타 죽겠는데 이놈이, 이럇!"

병서가 말고삐를 세차게 당기자 말이 성난 듯 앞다리를 들어 올렸다. 그 바람에 마차가 뒤로 기우뚱하더니 두 남자를 쏟아놓을 뻔했다. 성깔이 난 도령이 소리쳤다.

"이놈의 말이 건방지기 짝이 없군!"

마부가 슬슬 도령 눈치를 봤다.

"도, 도렌님, 인자 다 왔습니다요."

말이 히힝거리는 소리에 주모가 주막 밖을 내다봤다.

"아니 도렌님이 어이 돌아오셨당가요?"

마부가 뛰어 들어가며 말했다.

"이보게 주모, 크, 큰일이 났구먼."

"천채이 말허셔요. 뭔 일인디요?"

"아니 긍게 우덜이 자네 주막에 있을 때인 거 같어. 겁나 귀헌 물견
이 여그서 술을 마실 때 없어졌당게."

"참말로 뭔 말이당가요? 오늘 새복 길손은 도렌님과 아제뿐이었는
디."

병서가 유유히 도포자락을 젖히며 다가왔다.

"너무 고깝게 여기지 말아라. 술을 너무 많이 마신 마부 탓이다!"

마부가 땅바닥에 넙죽 머리를 조아렸다.

"도렌님, 죄송허구먼요. 천하에 몹쓸 죄를 지었으니 그저 용서혀주
셔요."

도령이 눈을 내리깔며 툇마루에 걸터앉았다.

"아이고 속 탄다. 주모, 여기 냉수 한 잔."

'쳇, 뭔 물건을 빠쳤다고 영감이 저렇게 비굴하게 굴어야 하는 거여?'

주모는 물독에서 찬물을 뜨다 말고 열이 뻗쳤다. 서두르다 보니 사
발 속 물에 손가락까지 들어갔다.

'에라 모르겠다. 짭짤한 물이나 쳐드시지.'

다른 더러운 손가락까지 사발 속에 넣어 휙 한 바퀴 저었다. 그 물을
들고 가자 도령은 속이 타는지 단숨에 들이켰다. 똑같이 술을 마셨는
데 종놈은 엎디어 죽을죄를 지었다며 굽실거리고, 양반 놈은 높이 앉

아 잃어버린 물건을 찾아오라는 짓거리다. 주모는 배알이 뒤틀려 입이 댓 발은 튀어나왔다. 그걸 눈치챈 도령이 돈주머니를 꺼내 엽전을 딸랑거렸다.

"여봐, 우리가 오기 전이나 떠난 후에 수상한 길손이 이곳에 들른 적이 없느냐?"

"글씨 하도 들락거리는 길손이 많아서요."

주모는 구미가 당기기는 했지만 일단은 모르겠노라 고개를 저었다. 도령은 엽전을 공중에 던지고 받고를 반복했다.

"잘 생각해봐. 분명히 누군가가 있었을 거다."

주모는 연신 고개를 저었다. 도령이 엽전을 더 높이 던져 올렸다.

"이거 보이는가? 주모는 황금 보기를 돌같이 하는 아낙이로구먼. 이게 구미가 당기면 어서 머리를 굴려보게."

순간 주모의 머릿속에 그림이 한 장 스쳤다. 그렇지, 바로 그 청년들이다. 아니, 그들이 아닐 수도 있다. 도령이 뭘 잃어버렸는지는 모르지만 슬쩍할 청년들은 아닐 것 같았다. 앳된 청년의 맑은 눈동자가 자꾸 주모 눈에 밟혔다.

"옜다, 이거."

도령이 밥상 위에 엽전을 던졌다. 데구루루 구른 엽전이 밥상 모서리에 걸리며 맴돌았다. 주모는 순간 마음이 흔들렸다. 국밥을 열 그릇은 팔아야 벌 돈이었다.

"오기는 왔었는디…."

도령이 엽전을 집어 사양하는 주모 손에 쥐어주었다.

"요즘 시절이 시절인지라 도망가는 자들이 많아서 골칫덩어리다. 조선 팔도에 천민들이 밤낮으로 날뛰지, 상놈들은 서학을 배운다고 몰려다니지. 이 나라가 어찌 되려고 이러는지 아주 법도가 땅에 떨어졌어."

"우리 도렌님이 나라를 위해 을매나 애쓰시는디. 주모, 싸게 고혀봐."

마부가 재촉했다.

"그랑게 에린('어린'의 방언) 청년 둘이 국밥을 뜨고 가기는 혔어요."

"긍게 그게 언지여?"

"도렌님 떠나고 얼마 뒤에 오긴 혔는디. 사라진 물견이 뭔지는 몰라도 그 사람들과는 벨로 상관없을 것 같은디요."

도령이 물었다.

"행색은?"

"입성('옷'의 속된 말)이 양반네들은 아닌 것 같았는디…, 헛."

주모는 이놈의 입이 방정이라며 자기 입을 막았다.

"흠, 그 외에는 길손이 없었더냐?"

"아직꺼정은요."

마부가 또 끼어들었다.

"근디 그 청년들이 어데로 갔는지 아능가?"

"그게 글씨, 지가 측간에 갔다오니께 없드랑게요. 어데로 갔는지는 정확히는 몰르고. 근디….”

“근디?”

“아, 암것도 아녀라.”

“이런 싱거운 여편네 같으니 근디 어쩠단 말이여?”

마부가 성화를 댔다.

“아, 똥을, 똥을 뭉탱이로 싸놓고는 저짝으로 간 거 같어라.”

“허허, 그게 단서다. 튀는 도적은 반드시 똥을 싸놓는 법. 게다가 저쪽이라?”

병서의 말에 주모는 안도의 숨을 내쉬었다. 하마터면 사내가 여자 측간을 썼다는 말을 해줄 뻔했다. 엽전을 챙기며 주모는 히히거렸다. 간난이가 청년들이 갔다고 일러준 길은 사실 남원 쪽이었지만 반대쪽을 알려주었다. 남루하지만 착해 보이던 청년들이 맘에 걸려서다. 병서가 성큼 주막 밖으로 나갔다. 마부도 따라가며 말했다.

“도렌님, 전혀 감이 안 잽히는디요.”

“감이 안 잡히면 잡히게 하면 돼! 내 신조 몰라?”

마부는 머리를 조아리고 도령이 앞장섰다. 소나무숲을 지나 언덕 위로 올라갔다. 한참 끙끙대고 올라가 다다른 곳은 한벽루였다. 그곳 누각에 서니 한눈에 절벽과 강이 펼쳐졌다.

“역시 울 도렌님은 눈높이가 다르시다니께요.”

“칼을 가져간 자가 그리 멀리 가지는 못했을 거다. 아무리 서둘러 걸어도 우리가 술을 마신 시간만큼 걸었을 거야. 설령 우리가 주막에 도착하자마자 마차에서 칼을 꺼냈다고 쳐도 그렇지. 긴 칼을 들고 저 언덕 위쪽으로 멀리는 못 갔을 테지. 저 언덕 아래쪽은 남원으로 통하는 길이다. 그 길도 저렇게 구불거리니 많이 가지는 못했을 거고."

"어떤 놈이 그 칼 냄시를 맡었는지 참말로 껄쩍지근허당게요."

"그래, 칼에 눈독을 들인 놈의 소행이 분명하다."

"허기사 잡고 보면 뻔히 아는 놈덜이 도적질을 허더라고요."

병서는 생각에 잠겼다. 칼을 알고 있는 자를 다 꼽아보았다. 일단 칼을 손에 넣게 도와준 꼬마 검돌과 검돌 아버지인 망나니 휘광이 있다. 그러나 어린 검돌이가 여기까지 따라올 리 없고, 휘광 역시 빨라야 사형 다음 날에나 칼이 없어진 걸 알게 될 거다.

그들 외에 칼을 만든 춘향 대장간의 대장장이와 홍이 있다. 그들을 생각하자 병서는 또 마음이 설레었다. 주모가 해준 말이 기억나서다. 그 아이가 반반한 얼굴의 꽃남이라며 의미심장한 말을 흘렸었다. 언젠가는 꼭 한번 그 녀석에게 연애를 걸어보고 싶었다. 궁 안에서는 사내나 여인끼리도 연애를 한다는 소문이 병서의 구미를 당겼다.

"도렌님!"

병서는 생각을 들킨 듯 화들짝 놀랐다.

"왜, 왜 그러느냐?"

"저그요. 혹시 그 작은 놈이 대장장이 아들내미 아닐까요?"

"말도 안 되는 소리! 홍도 칼의 행방에 관심은 있겠지만 그 녀석이 수만 리 떨어진 이곳까지 오면 내 손가락에 장을 지진다. 한 발자국도 못 떼는 대장장이는 더욱 아니고."

"하이고, 설마가 사람 잡는다고 허지 않습디까요? 그놈도 혐의자 가운데 하나로 넣잖게요."

병서는 너털웃음을 지으며 사방을 내려다보았다.

"허허, 네 마음대로 죄인들을 엮어보아라. 방귀가 잦으면 똥이 나온다고 한 놈은 걸리겠지."

한벽루 아래로 전주천이 약 올리기라도 하듯 유유히 흐르고 있다. 아무리 봐도 누가 지나간 것 같지 않다. 하기야 강에 배 띄운다고 자국이 남으랴. 그 옆 바위틈을 지나 적송이 군락을 이룬 오솔길이 보인다. 그 길을 따라 푸른 소나무의 기개는 여전한데 아직 잎을 못 피운 갈참나무들이 앙상하다. 병서는 고개를 떨어뜨렸다. 쫓고 쫓아 그리도 그리던 칼을 손에 넣는 순간 사라지고 말았다. 세상만사가 다 허망했다. 술을 조심하라던 아버지 말이 옳았다. 술을 마시며 노닥거리는 사이 누구에겐가 칼을 뺏겼다. 속이 시커멓게 타들어 갔다.

"도렌님! 저그 솔밭에 사람 같은 거시 보이는디요."

병서는 벌떡 일어섰다. 계속 미끄러지면서 겨우 마부가 서 있는 절벽 쪽으로 올라섰다. 정말 손가락만이나 한 사람 같은 게 보이자 가슴이 쿵쾅거리기 시작했다.

"주모가 말한 대로 두 명이구먼요."

마부가 가리키는 곳에 두 사람이 걷고 있었다. 길이 구불거려 사람의 모습이 보였다 안 보였다 했다. 멀어서 자세히는 안 보이지만 틀림없는 사람이다. 둘은 정신없이 강가로 난 절벽을 타고 내려가기 시작했다. 옆길로 돌아가면 편하겠지만 지금 그럴 시간이 없다. 어떻게든 녀석들을 쫓아야 한다. 병서의 도포자락이 자꾸 날카로운 바위에 찍히고 걸렸다. 겨우내 얼었던 흙이 푸수수 무너져 내렸다. 마부 영감도 끙끙대며 주인을 따라갔다.

물가까지 내려간 병서는 자갈밭을 한참 달렸고, 곧 적송이 우거진 오솔길로 들어섰다. 갈참나무 샛길을 지나 늙은 갈대 길을 지났다. 질퍽한 흙바닥에 빠진 발을 겨우 들어 올리며 무작정 달렸다. 이제 앞선 사람들의 모습이 손바닥만 하게 보이기 시작하자 주모 말이 점점 맞아떨어지는 성싶었다. 헉헉거리며 쫓는 소리에 두 청년이 돌아보았다.

"게 서라!"

병서의 외침에 그들은 속도를 내어 달아나기 시작했다.

"이 상놈의 도적들아. 거기 서지 못해?"

앞서거니 뒤서거니 두 사람은 한참을 무작정 달렸다.

"잽히기 싫으면 얼렁 뛰어!"

큰 청년이 소리쳤다.

"헉헉, 더 이상은 못 가."

숨이 찬 작은 청년은 주저앉을 기세다. 큰 청년이 작은 청년의 팔을 꼈다.

"어서 가자! 잽히느니 뛰다 죽는 게 나아."

작은 청년이 비틀거리다 앞장선 청년에게 소리쳤다.

"지발 너라도 도망가!"

"안 돼! 나만 갈 수는 없지."

"내 한 몸띵이만 잡히면 된당게. 니가 낭제 날 구하러 오면 되잖여!"

큰 청년이 팔을 잡아끌자 작은 청년은 주저앉고 말았다. 큰 청년이 발을 동동 굴렀다. 그때 뒤쫓아 온 병서가 작은 청년을 덮쳤다. 그가 헐떡이며 뒤를 돌아보았다.

"앗! 너, 너는?"

병서의 하얀 눈자위가 번득거렸다. 병서가 큰 청년을 향해 소리쳤다.

"너도 거기 엎드려!"

홍이 소리쳤다.

"춘석아! 지발 도망가!"

"네 이놈, 그러고 보니 백정 놈이렷다!"

병서는 마부에게 춘석을 묶으라고 눈짓했다. 마부가 춘석에게 밧줄을 들이대자 춘석은 그대로 엎드려 두 손을 내밀었다. 마부는 밧줄로 춘석의 손을 포박하기 시작했다. 홍은 순종하는 데 길든 춘석을 보며 가슴이 타들어 갔다.

"춘석아, 나 땜시 어쩐다."

주막에 들렀다 바로 남원으로 갔으면 붙잡히지 않았을 거다. 발바닥에 불난 듯 남원으로 가던 홍이 칼을 둔 곳으로 다시 발길을 돌렸다. 춘석이 부득부득 말렸으나 홍이 고집을 부렸다. 칼을 두고 가기가 불안하다며 묻은 칼을 다시 가져가야 한단다. 춘석은 홍의 집념을 꺾을 수 없었다. 그저 홍을 보호할 맘으로 따라왔던 거다. 홍이 흐느꼈다.

"도망가라고 그렇게 말했는데, 흑흑."

"도망가면 나랑 못 만났지, 뭘."

병서가 야지랑을 놓으며 홍의 얼굴을 자기 얼굴에 바짝 붙였다. 홍의 입술을 덮치려던 병서가 갑자기 옆으로 퍽 쓰러지고 말았다.

"억!"

춘석이 포박당한 두 주먹으로 병서의 옆구리를 내리쳤던 것이다. 쓰러진 병서가 배를 움켜쥔 채 비틀거리며 섰다.

"이 칼 도적놈들이!"

홍이 씩씩거렸다.

"칼 도적이 뉜디? 적반하장도 유분수지."

"이 상것들을 그냥!"

약이 오른 병서가 흰자위를 번득이며 달려들었다.

탄로나다

병서가 달려들어 춘석의 앞자락을 쥐었다.

"너희들이 칼을 가져간 게 분명해. 칼을 숨긴 장소를 대라!"

"거시기…."

춘석의 큰 어깨가 떨고 있었다.

"거시기 뭐 어쨌다고?"

병서는 더듬거리는 춘석을 힐끗 보았다. 떡 벌어진 어깨 근육이 소 몇 짝이라도 질 만큼 단단해 보였다. 허우대는 튼실한데 영 불안한 모습이었다.

"이봐, 아무리 네놈이 백정이라 해도 네 애비를 죽인 그 칼을 두둔하지는 않겠지?"

춘석이 화들짝 놀라 몸을 떨었다. 커다란 눈망울이 도살장에 끌려가는 순한 소처럼 흔들렸다. 병서는 때를 놓치지 않고 다그쳤다.

"네가 증오하는 그 칼과 너희 둘의 목숨을 바꿔줄 수 있어!"

춘석은 칼이라는 말에 잦아들던 증오가 치솟았다. 그리고 도망가야 한다는 생각이 교차했다. 마부가 소리쳤다.

"이놈! 딴 생각허지 말고 어서 도렌님헌티 고하랑게!"

병서가 은근히 다그쳤다.

"네 애비를 죽인 칼에게 복수를 해야 네 애비도 편히 잠들 거 아니냐?"

춘석은 가만히 눈을 감았다. 머릿속이 빙빙 돌았다. 뼈 빠지게 고생만 하고 개소만도 못한 대접을 받던 아버지, 새까맣게 어린 양반 자식 앞에서도 무릎을 꿇고 읍소해야 목숨을 부지하던 아버지! 피처럼 붉게 물든 해가 빙빙 돈다. 그 사이로 칼을 내려치던 더벅머리 휘광의 얼굴이 어른거린다. 정 대감을 내려치던 순간 파란빛을 번득이던 '궁', 아버지를 내려치던 그 칼이 햇빛 속에서 달려오고 있었다. 춘석은 머리를 쥐어뜯으며 비명을 질렀다.

"지발 저 '궁', '궁'을 막아줘!"

병서가 히죽거리며 춘석의 팔을 잡아 올렸다.

"그래, 내가 막아주지. 역시 효자는 다르네."

홍이 춘석의 등을 두드렸다.

"춘석아, 지발 정신 채려. 왜 이랴?"

그 순간 병서가 달려들어 홍과 춘석을 갈라놓았다. 춘석은 정신을 차리자며 머리를 흔들었다. 마부가 춘석을 밀어젖혔다.

"자, 싸게 도렌님헌티 칼 숨긴 곳을 안내해드리도록 혀."

춘석은 입술을 깨물며 앞으로 갔다. 홍은 아까 병서가 넘어지면서 지른 발에 된통 차였던 다리가 시큰거려 주저앉았다. 무릎을 감싸 쥐며 신음했다. 춘석이 포박당한 두 손을 내밀어 홍을 일으켰다. 병서가 빈정거렸다.

"아, 둘이 그런 사이야?"

마부가 춘석의 밧줄을 힘껏 잡아끌었다. 춘석이 비틀거리며 딸려가고 홍은 뒤처졌다. 마부가 병서의 귀에 뭔가를 속삭였다. 병서가 신이 나 낄낄거렸다.

"꿩 먹고 알 먹자 이거지? 그거 재미도 보고 도망도 못 가게 하는 전법인걸!"

병서가 입을 열었다.

"백정, 네 놈이 홍을 업고 걷는 거야. 어때 좋지?"

춘석은 돌부처처럼 굳었다. 홍의 얼굴도 하얗게 변했다.

"왜 그렇게 놀라느냐? 저 넓적한 등짝에서 맘껏 즐길 수 있잖아?"

병서는 춘석의 등을 토닥거렸다. 춘석이 어깨를 움찔거리며 몸을 사렸다. 어머니가 각시놀이를 당할 때도 그랬었다. 어머니 등에 남정네가 올라탄 채 기라고 다그치던 짐승보다 못한 양반들이었다. 그 생각에 몸을 떠는데 병서가 코앞으로 다가왔다.

"어서 올라타 봐. 이런 도적놈 등짝에 올라타는 걸 아무나 해보나?"

춘석도 홍도 꼼짝하지 않았다. 병서가 춘석 손의 밧줄을 세차게 당기자 춘석이 바닥에 쿡 고꾸라졌다.

"네 이놈, 업으라면 업어!"

"……."

"네가 안 업으면 내가 업어주지."

병서는 갑자기 홍에게 자기 등을 들이밀었다. 그 꼴을 보던 춘석이 으르렁거렸다.

"이게 무신 짓이여?"

홍 앞에 등을 들이민 병서의 다리를 힘껏 걷어차자 병서가 꼬꾸라졌다.

"왜 질투가 나는 거냐? 요놈이 제법 날쌔구나."

병서가 발끈 일어서더니 홍에게 다가왔다. 홍이 소리쳤다.

"이 개만도 못헌 인간! 양반이 양반 노릇을 혀야 양반이여."

"허, 요것 봐라. 주둥아리가 살아있다 이거지? 이래서 천한 놈들에게는 글을 가르치면 안 된다고 하는 거야. 하극상이 생긴다니까. 이렇게 위아래 없이 딛고 올라서니 나라꼴이 어찌 되겠나."

"아무렴, 우리네 천민 한 명에 양반 백 명을 준대도 절대 안 바꿔. 앉아서 놀고먹으며 글만 읽으면 뭐혀? 나라를 지키고 가난한 민초를 멕여 살리는 게 누군디? 양반네들 입으로 들어가는 괴기는 누가 잡아주는디? 백정이 잡아주는 괴기는 배 두드리고 먹으면서 평상 핏물에 손담그는 백정을 무시하는 니 놈들!"

병서의 앞이마 실핏줄이 실룩거렸다.

"허! 이런 상놈을 봤나? 보자 보자 하니 가관이로구먼."

"네가 가진 권세가 모다 니 아부지 덕 아니여?"

"이 건방진 놈, 마지막 명령이다. 업혀!"

병서의 주먹이 홍의 얼굴을 덮치려는 순간 춘석이 번개처럼 막아섰다. 주먹이 춘석의 눈두덩을 갈기더니 삽시간에 피가 번졌다.

"당장 업지 못해?"

병서가 포효했다. 묶인 손으로 눈두덩을 감싼 채 춘석이 허리를 굽혔다. 홍이 말없이 춘석에게 업혔다. 마부가 업힌 홍의 엉덩이 뒤로 춘석의 두 손을 다시 묶었다.

"도렌님, 한 몸띵이가 된 상것들이 한 장의 그림이구먼요."

"그러게, 어서 칼 숨긴 곳을 안내해라!"

병서가 이마의 땀을 닦으며 낄낄거렸다. 사내들끼리 좀 남사스럽지만 이제 도망은 물 건너갔다고 소리쳤다. 마부는 낄낄대며 콧노래를 불렀다.

"각시놀이 각시놀이

언 연놈 좋으라고

해도 길다 각시놀이"

마부도 노래를 따라 하다가 갑자기 고개를 갸우뚱거리면서 멈췄다.

"근디 도렌님, 우리는 총각놀인디요?"

"그래도 좋고 이래도 좋다. 좀 거시기해서 그렇지."

"총각놀이 총각놀이

언 놈년 좋으라고

해도 짧다 총각놀이"

"어떠냐?"

"좀 거시기해서 그렇지 간드러집니다요."

마부는 뱃살을 쥐어 잡고 죽는다고 웃어댔다.

"끄윽, 이제야 새벽 술이 깨나 보다."

춘석은 걸으면서 가끔 홍의 엉덩이를 추켜올렸다. 홍은 춘석 목에 팔을 감은 채 눈을 꼭 감았다. 창피하기도 하고 욱신거리는 심장소리를 누구에게 들킬까 봐 조마조마하기도 했다. 소나무숲도 낙엽도 환한 햇살도 하나같이 무정했다. 옆에 선 악당들이 귀신처럼 보였다.

햇살이 비치자 길이 녹아 진흙이 더 질척거렸다. 팥죽 두어 사발은 달라붙은 듯 짚신마저 무거워졌다. 춘석은 진땀을 흘렸다. 갈대밭을 지나고 소나무숲을 건너 오리나무숲을 통과했다. 그리고 한참 후에 아름드리 소나무 아래에 멈춰 섰다.

"설마 거짓말하는 건 아니겠지?"

대장간 소녀와 수상한 추격자들

병서가 새우젓 눈을 하며 나무 밑을 이리저리 살폈다.

"이제 총각놀이 그만하고 내리시지. 그 비린내 나는 등판이 그리 좋더냐?"

병서 말에 홍의 얼굴이 벌겋게 달아올랐다. 춘석은 씩씩거리며 홍을 내려놓았다.

"그것 조금 업었다고 그 덩치에 그리 헐떡거리는 이유가 뭔데?"

병서가 아리송한 농을 던졌다. 마부도 낄낄거렸다.

"이제 저놈 손을 앞으로 묶고 칼을 찾게 해라."

춘석의 손이 다시 앞으로 묶였다.

"엎드려! 고기 짝 들고 사또 관사에 왔던 네 애비처럼 무릎 꿇고 칼을 찾아라."

춘석이 무릎을 꿇었다. 꾸르륵 새가 울자 가까운 나뭇가지가 흔들렸다. 모두 커다란 소나무를 올려다보았다. 춘석만 땅을 향한 채 고개를 들지 않았다. 두 손이 묶인 채 낙엽을 집어내기 시작했다.

"자, 잠깐만. 소식이 왔어!"

병서가 손사래를 치며 소리쳤다.

"자, 남정네들이여. 여기를 봐라!"

병서가 갑자기 도포를 젖히더니 바지를 내렸다. 커다란 거시기를 내놓자 모두 놀라 자빠졌다.

"놀래기는! 칼을 잘 찾게 해달라고 제를 올리자. 정화수 대신 뜨끈한 속사포다!"

말을 마치기도 전에 오줌 줄기가 낙엽 위로 세차게 쏟아졌다. 튀기는 오줌발을 피해 춘석이 뒤로 물러나며 고개를 돌렸다. 홍은 아예 손바닥으로 얼굴을 감싼 채 고개를 파묻었다. 마부도 엉거주춤 선 채로 제 아랫도리를 비벼댔다.

'흐흐흐, 지도 소식이 올 것 같은디요.'

마부는 이래서 천생연분이라며 속으로 중얼거렸다.

"그만 흥분하고 백정 놈은 얼른 칼이나 찾아라!"

명령이 떨어지자 춘석은 고개를 떨어뜨렸다. 분노가 썩은 술 항아리처럼 부글부글 끓어올랐다. 그건 술에 젖은 오줌 냄새처럼 비릿하기도 했다. 공기가 너무 많이 들어간 꽈리 속처럼 가슴이 터질 것만 같았다. 온갖 것을 다 떨쳐버리려는 듯 춘석은 이를 악물고 낙엽을 긁어냈다. 상처투성이 손가락 사이로 흙이 묻어나기 시작했다. 그걸 본 병서가 고개를 끄덕이며 중얼거렸다.

"궂은일을 잘하는 걸 보면 제법 쓸 만한 놈이야."

춘석은 천천히 흙을 팠다. 새벽에 파내고 덮어두었던 진흙이 여태 질척거렸다. 손이 온통 시커먼 흙투성이다. 얼굴에 튄 흙이 땀과 섞여 검은 비가 되어 흘러내렸다.

성난 짐승이 숙명처럼 스스로 자기 무덤을 파헤치는 듯했다. 춘석의 씩씩거리는 숨소리 외에는 아무 소리도 들리지 않았다. 바람도 새소리도 멈췄다. 잠깐씩 춘석 손의 움직임마저 멈췄다. 그때 시커먼 칼집이 모습을 드러냈다.

"빨리 집어! 저거 칼집이다!"

병서가 소리치자 홍은 온몸이 벌벌 떨렸다. 차마 칼을 보기가 겁이 났다. 지켜주지도 못할 '궁'을 왜 여기에 묻었을까 만감이 교차했다. 불끈 주먹을 쥐었다 폈다를 계속했다.

"칼을 어서 이리 내놓아라!"

주위를 뒤흔드는 소리에 홍은 정신이 들었다. 칼이 춘석의 손에서 악당의 손아귀로 넘어가고 있었다.

"안 돼!"

홍은 순간 온몸을 날려 병서를 걷어찼다. 병서가 벌렁 넘어지며 칼을 떨어뜨리고 말았다. 미꾸라지 같은 놈이라며 병서가 악을 썼다. 홍은 잽싸게 칼을 주워들고 아까 왔던 오솔길로 도망가기 시작했다. 병서가 외쳤다.

"잡아라!"

마부는 홍을 쫓아 달리기 시작했다. 그 틈에 춘석은 반대쪽 오솔길로 빠르게 기었다. 병서는 소나무를 붙든 채 빙빙 돌면서 누구를 잡으러 가야 할지 종잡을 수가 없었다. 두 마리 토끼를 잡을 수는 없는 법. 잠시 후 병서는 마음을 가라앉혔다.

'흐흐, 이 소나무가 명당자리다. 결국 전부 이곳으로 모일 게 뻔해.'

홍이 발목을 저는 걸 보니 얼마 못 가 잡힐 거다. 문제는 백정 놈이었다. 놈이 멀리 튀기 전에 홍을 잡아야 미끼로 쓸 수 있다. 그때 오솔길에서 헉헉거리는 소리가 들렸다.

"에린 놈을 잡았다!"

마부가 달려오며 소리쳤다. 반대쪽으로 달리던 춘석은 그 자리에 서 버렸다. 홍이 잡혔다는 소리에 맥이 빠지고 말았다. 그 걸레 같은 놈에게 무슨 봉변을 당할지 알 수 없었다. 그러니 모든 게 백정인 자기 때문이었다. 더 이상 가까이하면 홍에게 해가 간다던 어머니의 말이 또 떠올랐다. 춘석은 소리가 나는 소나무 쪽으로 천천히 돌아가기 시작했다.

"도렌님, 지가 잡았구만이라."

마부가 홍의 어깨를 밀어대며 헉헉거리고 있었다. 홍은 칼을 옆구리에 낀 채 비틀거렸다. 병서가 은근히 추근댔다.

"칼을 이리 내시지."

홍은 칼집을 더 세게 움켜쥔 채 등 뒤로 옮겼다. 병서가 노려보며 다가올 때마다 홍은 병서에게서 한 발자국씩 뒤로 물러섰다.

"못 내놓겠다 이거지. 한 번 맛을 보여줄까?"

병서의 주먹이 한 치의 망설임도 없이 홍의 왼쪽 아랫배에 꽂혔다. 홍이 휘청하며 왼쪽으로 비틀거렸다. 그래도 등 뒤로는 칼을 더 꼭 쥐었다. 겨우 몸을 세우자마자 병서의 주먹이 이번에는 오른편으로 날아들었다.

"악!"

홍이 쓰러지며 칼을 놓치고 말았다. 칼이 홍의 뒤로 떨어졌다. 홍이 칼을 집으려고 엎드린 순간 병서가 다가와 홍을 덮쳤다. 홍은 기를 쓰며 병서를 밀어냈다. 병서가 다시 홍에게 달라붙었다. 서로 밀고 당기다 홍의 저고리 한쪽 팔이 찢어져 나갔다. 홍이 벌거숭이가 된 어깻죽지를 감싼 채 비명을 질렀다.

"안 돼!"

"헛! 너, 너는."

몽실한 어깻죽지를 본 병서는 어리둥절했다.

"에구머니! 망측혀라."

마부가 아낙네 같은 목소리로 비명을 질렀다.

"진실은 밝혀지는 법이지. 어쩐지 얼굴이 반반하다 했더니!"

병서는 고개를 끄덕이며 홍 주위를 한 바퀴 돌았다. 희한한 일이었다. 눈부시게 흰 속살을 본 순간 홍에 대한 흥미가 삼천리는 달아났다. 가지고 놀아볼까 하던 미소년이 아닌 이상 이제 칼만 뺏으면 된다. 다시 칼을 노려보며 다가갔다. 홍은 거침없는 병서를 보며 계속 뒷걸음질 쳤다. 병서가 홍을 덮치려는 찰나 둔탁한 물체가 날아들었다. 병서는 그 자리에 퍽 쓰러지고 말았다.

"에고, 도렌님. 정신 채리시랑께요!"

마부가 흔들어대자 얼마 후 병서가 눈을 떴다. 이마에는 이미 왕방울만 한 혹이 달렸다. 정신이 없는지 일어서려다 다시 주저앉았다.

"어떤 놈이야? 다리몽둥이를 분질러 버릴 테니까!"

병서가 으르렁거리며 주위를 둘러보았다. 마부는 소똥만 한 밧줄 뭉치를 가리키며 소리쳤다. 백정 놈이 가까운 곳에 있는 게 분명하다면서. 병서가 주저앉은 채 쇳소리를 질렀다.

"영감! 저 칼부터 집지 않고 뭐해?"

마부가 달려가 칼을 집었을 때 홍은 이미 보이지 않았다. 병서가 비틀거리며 일어섰다. 그리고 밧줄 뭉치를 걷어찼다. 마부가 달려가 밧줄 뭉치를 주워 올렸다. 언제 또 써먹을지 모르니 잘 챙겨두자면서 말이다.

"소맨치로 심이 센 놈이라 지 손목 밧줄 푸는 건 일도 아니었을 거구먼요."

마부와 병서는 왔던 길을 돌아가기 시작했다. 병서는 혹이 난 이마를 만지작거리다 한 번씩 칼을 휘둘러댔다.

"이 조선 천지에 나보다 힘센 놈 있으면 나오라고 그래! 이제 이 보검으로 대적해주겠다!"

둘은 소나무 숲길 아래로 내려가기 시작했다.

귀향마차에 탔당께

떡갈나무 숲에서 밧줄 뭉치를 던진 춘석은 다시 몸을 숨겼다. 그리고 도망가는 홍의 발걸음 소리를 따라 움직였다. 더 이상 따라오는 사람이 없는 걸 확인하고 홍 앞으로 뛰어나갔다. 둘은 만나자마자 손을 잡은 채 달리기 시작했다. 홍이 울먹였다.

"흐흑, '궁'을 다시 빼앗기고 말았어."

"일단 주막꺼정 나간 담에 방법을 생각혀보자."

"그려."

"근디 남원에 갈 수 있는 교통편을 찾어야 쓰겄어."

홍은 달리면서도 한쪽 손으로 어깨를 감싸며 저고리 앞섶을 여몄다. 산 사이로 부는 겨울바람이 어깻죽지 사이로 파고들어 홍을 더 얼게 했다. 아니, 빼앗긴 '궁' 때문에 더 맘이 허한지도 몰랐다. '궁'이 겨우 손에 들어온 순간 다시 병서에게 빼앗기고 말았으니. 홍이 중얼거렸다.

"시상에 무신 철천지웬수라고."

갑자기 춘석이 돌아보았다.

"뭐라 했어?"

"그 작자 말이여."

홍은 학당에 처음 나갈 때부터 눈을 번득이던 병서가 징글맞았다. 여태껏 따라붙으니 웬 원수인가 싶었다. 서둘러 걸으면서도 홍은 가끔씩 춘석을 바라보았다. 위기 때마다 나타나 자기를 구해준 춘석, 고마움이 샘물처럼 솟았다.

"자, 이거 입어."

홍 앞에 커다란 남자 저고리가 다가왔다.

"크다래서 아부지옷 같지만 고뿔이라도 걸리면 큰일인게."

홍은 코끝이 시큰해졌다. 그러다 반팔만 걸친 춘석을 보니 웃음이 터져 나왔는데, 사이로 슬쩍 뵈는 넓적한 가슴패기('가슴'의 속된 말)에 자꾸만 맘이 설렜다. 그 등에 업혀 올 때를 생각하니 다시 온몸이 후끈하게 달아올랐다.

"춘석아, 그, 근디 원래 나는….'

홍이 말을 더듬자 춘석이 홍의 입을 막았다.

"쉿! 아무 말 안 혀도 괜찮어."

대장간 소녀와 수상한 추격자들

둘은 그냥 달렸다. 늦은 겨울의 해가 너무 짧아 산속은 벌써 어스름하게 나무 그림자가 졌다. 다행히 인적도 없고, 어두워서 숨어가기에 좋았다. 홍이 나뭇등걸에 걸려 넘어질 뻔할 때마다 춘석은 말없이 손을 내밀었다.

"어쩌든 칼을 찾는 게 우선인디."

이번에는 춘석이 먼저 말했다. 홍은 고마움에 왈칵 눈물이 터질 것 같았다. 춘석이 먼저 칼 걱정을 해준 건 처음이었다.

"춘석아, 인자 '궁'에 대한 맘이 좀 누그러진 거지?"

"그려, 칼도 망나니인 휘광도 느그 아부지도 누구의 죄도 아니여. 서로 죽이도록 만든 이 나라가 아니 이 시상이 잘못인 거지. 무쇠로 만들어진 칼이 무신 죄가 있겄어? 착한 백성을 천대하고 죄인으로 엮는 이 나라가 잘못이여."

춘석은 아버지의 죽음 뒤에 숨은 깊은 뜻을 받들자고 몇 번이나 다짐했다. 그런데도 홍 앞에만 서면 '궁'을 핑계로 홍을 괴롭히곤 했다. 어쩌면 홍에게 한없이 기대고 싶은 것일지도 몰랐다.

"홍, 인자 뭐신가 조금씩 알 듯혀. 어쩌든 나는 진주로 가야겄어. 거그서 천민 해방운동을 하는 사람들헌테 더 심을 쏟을 것이여."

홍은 그러는 춘석이 반갑고 고마웠다. 고통스러워하면서도 칼을 나르는 데 동행해준 춘석이 한없이 듬직했다.

"그려, 그것이 느그 아부지 뜻이기도 허다."

"쉿, 그란디 저그 저거 그 마차 아녀?"

둘은 반가움에 소리를 지를 뻔했다. 빈 마차가 주막 옆에 세워져 있었다.

"헉헉, 우덜이 먼저 도착한 거여!"

둘은 한벽루를 지났다. 강가의 조약돌을 보자 홍의 얼굴이 달아올랐다. 홍은 가만히 몸을 떨었다.

"홍, 잠깐 주막에 들렀다 가자."

춘석이 앞장서서 주막으로 들어갔다. 주모는 반갑고도 놀라워 눈을 실실 치떴다.

"뭔 일로 이리 숨이 가쁜 거랴? 큰 총각은 아무리 잘생긴 가심이지만 웃통까지 벗고 댕기고!"

"아줌니, 사정이 생겼는디 저구리라도 한 벌 파실라요?"

홍은 그제야 고개를 끄덕였다. 춘석의 사려 깊음에 코끝이 찡해졌다.

"쯧쯧, 얼어 죽겠고만. 남정네 옷이 없으니 그건 못 주겄고, 내 허드레옷이라도 내줄튼게 어서 그 옷 벗어서 큰 총각한테 줘."

홍이 고개를 끄덕였다.

"근디 작은 총각이 큰일이네. 여자 저고리를 걸치고 가야 허니께 말이여. 그리도 얼어 죽는 것보다는 낫지."

주모는 은근슬쩍 농담을 건네며 저고리를 내밀었다. 홍이 그걸 받으며 망설였다. 동전 십 전을 주모 손에 놓을까 하다가 그냥 평상 위에 놓았다. 칼값이라며 던져준 그 돈을 쓰는 게 여전히 맘에 걸려서.

"아이고, 뭐 이런 걸 바라고 준 것은 아닌디."

춘석은 그곳에 머무르다 병서네와 마주칠 수도 있다면서 빨리 서두르자고 홍을 다그쳤다. 그런데 주모가 따라 나오며 투덜댔다. 오늘은 불난 듯 길손이 드나든다면서 말이다.

"웬 길손인디요?"

"아즘에 자네들이 떠난 후 도렌님허고 마부 영감이 다시 왔었어. 앗! 그러고 보니께 자네들을 찾는 것도 같든디. 그려서 똥을 산더미처럼 싸놓고 도망갔다고 허풍 떨었당게."

"참 잘허셨어요."

"잘혔지? 근디 아까 작은 총각이 측간에 가긴 혔잖여."

주모가 눈을 찡긋하자 홍은 슬그머니 눈을 돌렸다.

"참, 오늘 왔던 길손들은 한양에서 왔다고 허드라고. 더벅머리가 한 채나 되는 정신없는 아제랑 어린애가 쉬어갔어. 입성이 좀 거시긴허긴 혀도 뭔가 귀티 나는 어른꺼정 셋이 왔는디 남원에 볼일이 있다드만. 남원에 불나겄어, 아주. 모다 급해 뵈드라니께."

홍과 춘석을 따라 나오며 주모가 계속 말했다.

"그 총명해 뵈는 어른 말이 조선이 변하고 있댜. 우덜마냥 가난한 사람도 잘살고 똑같이 대우받는 시상이 올 거라드만. 그나저나 한양에서 강물이 벌게지도록 사람을 죽여댄다니 무서워서 어데 살겠어? 서로 밀고허고 잽혀가고 쥐도 새도 모르게 죽어 나간댜."

"야, 아줌니도 조심허셔요."

춘석이 대답했다.

"참말로 뭔 일이 있는겨?"

"아줌니, 시상이 변하고 있어요. 천민도 여자도 평등한 대우를 받는 시상이 꼭 올 거구먼요."

"우덜 같은 여자도?"

홍은 못 들은 척 발끝만 내려다봤다. 놀란 주모가 입을 막으며 어물어물했다.

"아, 암것도 아녀. 몸조심들 허고."

"아줌니도 씩씩하게 잘 버티셔요."

둘이 서둘러 나왔다. 춘석이 앞장서 가며 말했다.

"저그서 칼을 기다려보자. 분명히 놈들이 마차로 돌아올 거여. 남원으로 통허는 질이 여그 하나뿐이거든."

홍이 물었다.

"그럼 저 마차를 얻어 타자는 소리여?"

"두고 보기만 혀."

춘석은 성큼성큼 나무 뒤로 숨었다. 그러는 춘석은 더 이상 지금까지 본 어린 춘석이 아니었다. 한양 정 대감 댁에서 지내는 동안 사람이 저렇게 컸나 싶었다. 홍도 따라가 나무 뒤로 숨자 춘석이 입을 열었다.

"주막 아줌니 참 좋은 분이지?"

"그려, 느그 엄니가 생각나. 온갖 핍박 다 받고도 흔연하게 사셨잖여. 내가 처음 달거리를 시작할 때를 어찌 아시고 모다 준비해주신 분이여. 그때 엄니 없이 살던 내가 당황했던 건 말도 못 혀. 내가 여잔 줄 알면서도 평상 입을 봉하고 사시느라 을매나 깝깝허셨을까?"

"그려, 평상을 천대받고 산 울 엄니 원을 풀어드리기 위해서라도 백
정해방 운동에 참가해야겄어."

"칼만 찾으면 나도 꼭 심을 보태고 싶어. 인자 여자들 심도 필요한
시상이 되었응게."

춘석이 고개를 끄덕였다. 순교자 명단에도 여자가 얼마나 많은지 놀
랍다고 했다. 정 대감 댁에 머무르는 동안 진주 천민모임에 참여하러
한양에서 진주까지 가는 사람들을 더러 만났다. 천민들이 일어서야 할
때라며 모이기만 하면 입을 모았다. 며칠 일을 못 해 굶어 죽더라도 가
야 한다고 우기는 사람도 많았다.

"그려, 어쩌튼 우덜이 강하게 뭉쳐서 양반들헌테 심을 뵈줘야 혀. 지
리산 자락이라지만 경상도에 있응게 거그꺼정 가야 할 질이 까막허네.
우짜끄나 몸조심혀."

춘석은 다부지게 말하는 홍을 바라보았다. 백정의 일에 연루되면 똑
같은 취급을 당하는 세상에서 자기 일처럼 발 벗고 나서는 상쇠 아제
랑 홍이 정말 고마웠다. '궁'에 대한 미움을 탈탈 털어버릴 속셈으로
춘석이 소리쳤다.

"인자 '궁'을 찾을 일만 남았네!"

그러는 춘석 눈동자가 잠깐 흔들렸다. 홍은 못 본 척 옷깃을 여몄다.

"저구리 입으니 이쁘다."

"아직 어색혀. 그려도 인자 이러코롬 내 모습으로 살고 싶어."

"쉿! 나타났다!"

둘은 얼른 고개를 숙여 숨었다. 마차 뒤에 칼을 던져 넣은 병서가 허리를 두드리며 중얼거렸다.

"그것들이 대체 어디로 갔을까? 그리 멀리는 못 갔을 텐데."

마부가 병서 허리를 주물러주며 아부를 했다.

"고 깜찍한 년이 글씨 남장꺼정 허고 대드는 꼴이 제법이었지라?"

"영감도 참, 여자는 좀 톡 쏘는 맛이 있어야 하는 거 아냐? 내 취향은 아니지만."

마부와 도령이 낄낄거렸다. 그걸 들은 홍의 얼굴이 붉으락푸르락 변했다. 막 뛰쳐나가려는 홍을 춘석이 붙들었다.

"참어. 들키면 우덜이 남원꺼정 갈 방법이 없잖여."

둘은 숨을 가라앉히며 기회를 엿보았다. 홍이 속삭였다.

"쉿! 내가 '달려' 허면 마차 저짝으로 올라타는 거여."

드디어 병서와 마부가 마차에 올라탔다. 마부가 채찍을 치켜들자 누가 먼저랄 것도 없이 홍과 춘석도 마차 양쪽으로 사뿐히 올라탔다. 둘이 칼을 사이에 두고 옹크린 채 거적때기를 덮었다.

마차가 속도를 내기 시작했다. 갑자기 누군가가 달려든 것 같아 '궁'은 섬뜩했다. 그때 홍이 낮은 소리로 속삭였다.

"'궁', 안심혀. 너랑 다시 귀향마차에 탔당게!"

'궁'이 기쁜 듯 가는 빛을 품어냈다. 홍은 그 빛을 놓치지 않았다. '궁'이 칼집 안에 있을 때는 검기를 뿜지 못한다던 아버지 말이 불현듯 떠올랐다. 병서와 싸울 때도 '궁'이 그래서 힘을 발휘하지 못했던 거다.

「와, 홍 누임. 지도 을매나 애태우며 누임을 기달렸는디요!」

홍이 '궁'을 칼집 채로 꼭 껴안았다. '궁'은 홍 품속에서 맘껏 통곡하고 싶었다. 끌려다니던 요 며칠 새의 일들이 악몽처럼 떠올랐다. 어쨌든 수년 만에 귀향하는 듯 대장간으로 가는 길이 설레고 흥분되었다.

「홍 누임, 대장간은 잘 있겠지라?」

"그려, 인자 거진 다 와가. 그려도 쪼매 눈 좀 붙이자."

홍이 다시 속삭였다.

"춘석아, 이 귀향마차도 한양 갈 때맨키로 짐짝뿐이라 넓적허네. 오랜만에 두 다리 쭉 뻗어보는 거여."

마차는 한벽루를 뒤로한 채 어느새 사선대를 지나고 있었다. 마부의 채찍질 소리가 검은 숲에 울려 퍼졌다.

송충이 눈썹의 몰락

    홍과 춘석은 오수를 지날 때부터 깨어있었다. 계속 밖을 바라보며 칼을 빼낼 궁리를 하던 춘석이 입을 열었다.

    "언지 어티게 칼을 빼내야 헐랑가?"

    "눈치를 보다가 여차하면 들고 튀는 거지, 뭐. 근디 마차가 달리는 동안은 도저히 뛰어내릴 자신이 없네. 칼을 놓치면 큰 소리가 이만저만 아닐 테니 들키기 십상인게."

    홍과 춘석은 마음을 졸이며 눈치를 보았다. 숲속을 빠져나온 마차가 평지로 나오며 겨우 속도를 줄이고 있었다. 남원이 가까워진다는 신호였다. 희뿌연 물안개가 솟아오르는 걸 보니 봄이 오기는 올 모양이었다. 광한루 연못 근처에도 봄빛이 목을 빼고 기웃거렸다. 날이 새는 연못가에 장정들이 두어 명씩 시커먼 그림자로 모여 있었다. 그때 남정네 한 명이 허겁지겁 마차로 달려왔다.

"여보게, 자네 마부 기남이 아녀?"

"얼래, 광덕이 아녀? 이 새복에 뭔 일이랴?"

"자네 사또댁 마차가 안 다치게 신경 써야 쓰겄어. 저그 서 있는 무리들 모다 작정하고 나온 사람들이여. 전주를 거쳐 진주로 모이기로 했디야."

마부가 힐끗 병서 쪽을 돌아보았다. 새벽에야 잠에 취한 병서는 고개를 옆으로 떨어뜨린 채 코까지 골고 있었다. 마부는 발소리를 죽이며 광덕과 연못 쪽으로 갔다. 뭔가 깊은 이야기를 나누는 듯했다. 거적때기 밖으로 눈만 내민 춘석이 속삭였다.

"이 꼭두새복부터 봇짐을 맨 사람들 좀 봐봐. 모다 진주로 가는 장정들이랴!"

홍도 걱정이 이만저만이 아니었다. 진주 가는 일도 그렇지만 지금은 칼을 빼내는 일이 먼저다. 지금 칼을 빼내면 좋겠는데 마차에서 움직이면 틀림없이 장정들이 모여들 것이다.

그때 마부가 허겁지겁 돌아왔다. 광덕이 따라오며 마부에게 다급하게 숙덕거렸다.

"여보게, 싸게 서둘러 가. 저자들이 사또 아들이 여기 있는 줄 알면 가만두지 않을 거여."

"그려, 광덕이 자네는 언지 떠날랑가?"

"해가 뜨믄 가야제. 자네도 몸띵이 단속 잘혀. 사또댁도 좋은 시절 다 갔당게."

"그리도 그란 소리를 으디 감히!"

마부가 언성을 높이자 광덕이 홀연히 사라졌다. 홍이 고개를 끄덕였다.

"인자사 주모가 하던 말이 뭔지 알겠네. 망나니인 휘광까지 남원을 거쳐 진주로 간다더니."

"지가 뭐시라고 전주로 진주로 가고 난리람."

"아, 인자 맴을 풀기로 헌 거 아니여?"

"젠장, 그려도 용서가 안 되는 걸 어쩌?"

춘석은 주먹을 쥐며 머리를 흔들다 문득 그러는 자신이 한심하기도 했다. 용서하기로 한 사람들을 자꾸 미워하는 것도 마음의 병이었다. 그러다 다음 순간 집 생각이 머리를 짓눌렀다. 오랜만에 고향을 보니 반가움 대신 죄인인 것만 같아 몸을 떨었다. 아버지를 형장의 이슬로 사라지게 한 불효자의 몸으로 상쇠 아제를 어떻게 뵐지도 걱정이었다. 칼을 좇느라 잠시 잊었던 슬픔에 겨워 춘석은 한 번씩 한숨을 쉬었다. 불현듯 밖에서 웅성거리는 소리가 커지자 춘석은 퍼뜩 홍을 바라보았다. 홍이 불안해하며 속삭였다.

"칼을 어짜쓰까? 벌씨 사또댁인디!"

그때 병서가 마차에서 내리며 호령을 했다.

"여봐라! 삼돌이, 게 있느냐?"

그 소리에 어디선가 삼돌이가 어기적거리며 나왔다. 졸린 눈을 비비면서 입이 찢어지라고 하품을 해댔다.

"이놈! 사또 관사를 지키는 게 네 임무거늘 이 시각에 퍼져 자다니! 네 놈에게 줄 녹봉이 아깝다."

병서가 삼돌이의 옆구리를 걷어찼다. 갑작스러운 공격을 받은 삼돌이가 피할 겨를도 없이 푹 쓰러졌다. 병서는 쓰러지는 삼돌이를 다시 일으켜 세웠다.

"당장 마차에서 칼을 옮겨라!"

삼돌이가 비틀거리며 마차 뒤로 다가갔다. 홍과 춘석은 거적때기 속에서 숨을 죽인 채 온 신경이 곤두섰다. '궁'도 칼집 속에서 행여나 하면서 힘을 주고 긴장했다. 삼돌이는 마차 안을 굽어보면서 함부로 보검에 손대기가 그런지 망설이는 것 같았다.

"이 병신이 칼은 빨리 안 옮기고 무슨 짓거리를 하는 거야?"

병서가 삼돌이의 뒷덜미를 잡아 귀싸대기를 올리려는 순간, 하얀 손이 병서의 손목을 잡았다.

"어? 어떤 상놈이?"

병서가 뒤를 돌아보자 말 대가리에서 허연 입김이 쏟아져 나왔다. 병서가 상을 찌푸리며 비명을 질렀다.

"윽, 이게 뭐냐?"

"도령, 점잖은 양반이 불도의 기본도 모르는 모양이오. 하찮은 미물도 어여삐 여겨야 하거늘 하물며 집안의 군속을 그리 다루면 양반의 법도에 어긋나는 게 아니오?"

상대의 낭랑한 목소리와 온화한 기품이 주위를 압도했다.

"무슨 소리! 제 임무를 다하지 못하는 자는 엄히 다스려야 하는 법. 하물며 백성의 피땀 흘린 녹을 먹는 녀석인데."

병서가 눈을 치뜨며 올려다보았다. 그러자 검은 말에 탄 길손이 삼돌이에게 물러가라는 눈짓을 했다. 호리호리한 몸매였으나 누구도 거역할 수 없는 위엄 있는 몸짓이었다. 삼돌이 뒷걸음질치며 물러났다. 병서가 이마의 핏대를 세우고 악을 썼다.

"당신이 뭔데 내 집안 군속을 마음대로 오라 가라야? 가던 길이나 가시지!"

병서는 잡힌 손을 빼려고 바둥거렸으나 길손의 악력이 여간 단단한 게 아니었다. 더구나 말의 행색을 보아하니 뭔가 있는 놈 같았다. 윤기가 자르르한 흑마라니! 하지만 입성이 초라한 것이 어디서 굴러먹던 놈일지도 모른다.

"조선 천지에 도적떼가 극성을 부린다더니 네 놈이 훔쳐 탄 흑마도 그런 말이렷다!"

병서는 말고삐를 이리저리 살피며 침을 흘렸다. 한 번쯤 꼭 타보고 싶던 저 흑마를 타고 지금 가져온 명검을 휘두르며 천하를 호령하는 모습이라니! 그때 상상을 깨듯 껄껄 웃는 소리가 들렸다.

"허허, 도적이라. 도적이 하도 많은 세상이라 누가 도적일지는 재봐야겠소."

대장간 소녀와 수상한 추격자들

"그러거나 말거나 뻔한 거 아닌가."

이번에는 병서가 직접 칼집을 당기다 칼집이 거적때기에 걸리고 말았다. 불쑥 튀어나온 거적때기가 움찔거리는 느낌이 들었다.

"에잇, 이것들 단칼에 없애버릴까 보다!"

칼을 내려치려는 찰나 그곳에서 쥐 한 마리가 쏜살같이 빠져나왔다. 화들짝 놀란 병서는 칼을 슬그머니 내리고는 대신 으름장을 놓았다.

"저 안에 나 몰래 뭔가 숨겼어?"

"예? 아니어라. 항상 예비 거적때기 두 개는 비워두는디."

"어서 열지 않고 뭐 해?"

마부가 거적때기를 젖히는 순간 뭔가가 움찔했다. 어느새 시끌벅적한 소리에 모여든 사람들도 숨을 죽였다. 웬 짐승인가 싶어 모두 기웃거렸다. 마부가 겁나는 표정으로 슬그머니 거적때기를 젖혔다. 맙소사! 웬 처녀총각이 오뚝이처럼 벌떡 일어나 앉았다.

"휴, 간 떨어질 뻔혔네. 구신은 아니지? 늬들 산 사람이지?"

사람들이 놀라 발을 동동 굴렀다. 남세스럽다며 기웃기웃 웅성거리기 시작했다.

"앗! 네 연놈은?"

병서는 허깨비를 본 듯 더듬거렸다. 마부가 손가락질을 하며 고래고래 소리쳤다.

"아니, 긍게 이 도적놈들이 여태 우덜 마차에 끼어 타고 왔단 말 아녀?"

그 틈에 홍과 춘석이 마차에서 뛰어내렸다.

"어디로 도망치려고?"

병서가 쏜살같이 달려들어 춘석의 얼굴을 후려갈겼다. 불시에 습격을 당한 춘석이 무참히 쓰러지다가 마차 모서리에 볼을 부딪치고 말았다. 볼이 터져 피가 질퍽해졌다. 피를 본 병서가 흥분해서 소리쳤다.

"저놈만 아니었으면 벌써 집에 왔을 텐데. 칼 찾느라 산에서 보낸 시간이라니!"

"춘석아!"

홍이 애처롭게 춘석의 얼굴을 감싸 안았다. 그 모습을 본 병서는 약이 오를 대로 올랐다. 춘석을 잡아끌어 홍한테서 떼어놓았다. 모여든 사람들이 참새떼처럼 떠들어댔다.

"아이고, 숭혀라. 긍게 왜 젊은 것 둘이서 마차 안에 처박혀 있을 거시여."

"참말로 무신 지랄들을 허느라고."

"쯧쯧, 저 피 좀 봐. 저 피를 어찌야 써."

"아무리 그려도 그렇지. 사또 아들이라고 막 저려도 되는 거여?"

사람들이 혀를 끌끌 찼다. 구경거리도 보통 구경거리가 아니었다. 병서는 기세가 등등해져 고래고래 소리를 질러댔다. 고함소리에 군졸 두어 명이 더 뛰쳐나와 홍과 춘석을 양팔에 꼈다. 홍이 더듬거렸다.

"아, 아니랑게요. 지들은 도적이 아녜요."

춘석은 말없이 고개만 숙였다. 볼에 흐르던 피가 목덜미를 타고 흘러내렸다. 병서가 소리쳤다.

"어서 포박하지 않고 웬 구경들이냐?"

군졸들이 주섬주섬 포박할 끈을 들고 다가가는 참에 낭랑하면서도 조용한 목소리가 들렸다.

"보아하니 도망할 자들은 아니다. 포박할 필요 없이 그냥 투옥하도록 하라."

홍과 춘석이 놀라 눈을 들었다. 그때 말에서 내린 건 병서를 말리던 아까 그 길손이었다. 모여선 사람들이 웅성거리며 그를 바라보았다. 병서도 그를 노려보았다.

"이놈, 네가 뭔데 포박하라 말라 난리더냐?"

심상찮은 다툼에 사람들이 더 모여들기 시작했다. 병서가 갑자기 그의 멱살을 잡아 흔들었다.

"이 초라한 놈이 대체 뉜데 겁도 없이!"

"손을 좀 치우지."

"이놈! 남원 사또 아들 김병서를 몰라보다니. 어디서 뒹굴던 개뼈다귀냐?"

그때 길손이 거세게 병서의 손을 뿌리쳤다. 단호하고 힘찬 손짓이었다. 병서가 비틀거리는 순간 그는 훌쩍 흑마 위로 다시 올라탔다. 병서가 그를 올려다보며 다시 으르렁거렸다.

"네놈이 뉘냐고 물었다!"

"흠, 나는 너를 아는데 너는 나를 모르느냐?"

길손이 알 듯 모를 듯 이상한 말을 중얼거렸다. 그는 병서의 가무잡잡한 피부랑 진한 송충이 눈썹을 기억했다. 피밭에서 어린 소년이랑 만났던 그 도령이 분명했다. 그가 뒤를 돌아보며 손짓하자 덩치가 산만 한 사내가 머리를 조아리며 다가왔다.

"개똥이, 도령은 자네가 맡게. 나는 사또 관사에서 처리할 일이 산더미 같네."

병서는 별꼴이라며 코웃음을 치고 칼을 챙겼다. 이제 조선의 보검을 끼고 가니 세상에 무서울 게 하나도 없었다. 칼 주인인 홍이 맘에 걸리긴 했지만 분명한 거래를 통해 품에 들어온 칼이었다. 더구나 망나니 휘광의 아들 녀석이 이곳에 나타날 일은 더욱 없었다. 단 하나, 홍이 사내가 아닌 것만 빼면 이번 여정은 대성공이었다.

병서가 안채로 사라진 후 반질반질한 흑마가 유유히 다시 나타났다. 흑마를 탄 남자의 가슴에서 황금빛 마패가 눈부시게 빛났다. 돌아가던 사람들도 쫓아와 엎드리며 머리를 조아렸다. 조용한 동네가 잠에서 깨어난 듯 술렁거렸다.

어느새 수령과 이방, 형방이 사또댁 대청에서 읊조리고 있었다.

"탐관오리 김소율 소환이오!"

이방이 소리하자 어디선가 튀어나온 군졸들이 대청에 진을 쳤다.

"어명이시다. 김소율을 포박하라!"

청천벽력에 식솔들이 우왕좌왕했다. 타닥거리며 튀는 발걸음 소리가 집 안에 울려 퍼졌다.

대장간 소녀와 수상한 추격자들

명판결

엉겁결에 옥에 갇힌 홍과 춘석은 기가 막혔다. 정지 쪽에서는 아침 짓는 냄새가 솔솔 올라오는데 춥고 배까지 고프니 환장할 지경이었다. 옥사는 북쪽에 있는 헛간이라 흙바닥에서는 찬기가 스멀스멀 올라왔다. 홍은 으스스 떨며 한쪽 구석에 가 웅크리고 앉았다. 남녀가 유별한데 한 옥사에 처넣다니 남세스럽다.

"싸게들 나오라고! 어사님 처벌이 있을 것잉게!"

군졸이 외쳐대는 걸 보니 뭔가 일이 벌어지고 있는 게 분명했다. 쾅쾅쾅! 옥문을 치는 소리에 홍은 얼른 일어나 앉았다. 무슨 일이 있어도 강해져야 한다.

'여그는 남원, 내 고향땅이여.'

어려울 때마다 기를 부어주던 아버지가 떠올랐다. 여태 '궁'을 좇느라 아버지 생각을 소홀히 한 것이 가슴 아팠다. 대체 '궁'이 누구의 손으로 들어갈지 알 수 없는 판국이었다.

"당장 나오지 못혀? 절도죄로 형을 받을 년이 뭘 그리 꾸물대는 거여."

홍과 춘석이 끌려 나가 보니 난리도 이런 난리가 없었다. 사또댁 식솔들이 모조리 쏟아져 나온 듯 쓸려 가고 소리를 질러대는 아수라장이었다. 그 속에 사또가 포박을 당한 채 옥사로 끌려가고 있었다.

"에구머니나, 우리 사또님 워쩐댜?"

식솔들은 엎드려 통곡했다.

"시상에 영락없는 죄인이네그려."

사람들은 힐긋힐긋 사또의 눈치를 보며 중얼거렸다. 동네 사람들이 점점 더 모여들었다. 홍은 끌려가면서도 앞장선 춘석에게 다가갔다.

"춘석아, 맴을 굳게 먹어. 정신만 똑똑허니 채리믄 호랭이굴에서도 빠져나갈 수 있다고 혔어."

군졸이 둘을 갈라놓으며 끼어들었다.

"저짝에 앉아라."

홍은 앉는 척 주위를 둘러보았다. 아니나 다를까 대청 가운데로 걸어가는 사람은 흑마를 타고 온 그 길손 같았다. 그는 수령 자리에 앉으며 주위를 둘러보았다. 아까와는 달리 청색 관복을 입었지만 분명히 그 사람이었다. 학당에서 배웠던 당하관이 입는 관복을 보자 홍은 안심했다.

'희망이 있어. 억울한 우덜 처지를 살펴주실 게 분명혀.'

홍은 주먹을 불끈 쥐었다. 그때 포승줄에 팔을 묶인 채 끌려오는 남자가 숯검댕이 눈썹을 자꾸 실룩였다. 가까이 보니 병서였다. 앞에 와서 서더니 발을 불량하게 까닥거리자 이방이 병서 발을 툭 쳤다. 병서는 부루퉁한 얼굴로 이제 다리까지 까닥거렸다. 이방이 주위를 둘러보며 수령 자리에 앉은 분을 소개했다.

"먼저 남원고을에 출두하신 어사님을 환영하는 의미에서 힘찬 박수를 보내주시죠."

사람들이 손뼉을 치기 시작했다. 그 어르신이 조용히 일어나 인사를 했다. 이방은 소개를 계속했다.

"이번에 임금님 특명으로 어사님께서 남원 시찰을 나오게 되셨습니다. 이 고을이 부패가 심하다는 탄원이 밤낮 들끓어서요. 그러던 중 춘향골에 급히 판결할 일이 생겼다 하여 긴급재판을 소집하신 겁니다. 오늘 억울한 자 없이 어사님의 총명한 판결이 있으시길 기대합니다."

어사가 앞으로 나서며 모인 사람들을 향했다.

"임금님께서 말씀하셨소. 백성이 나라의 근본이고, 관리는 백성을 하늘로 섬겨야 한다고 말이오. 아무리 백성의 눈을 속이고 입을 막아도 진실은 밝혀집니다. 백성의 피를 빨아 호의호식하며 방탕한 남원 사또의 작태로 임금님의 심려가 말할 수 없이 크시오. 또한 춘향 대장간에서 제작한 명성 높은 칼이 도난당한 사실도 목격하게 되었소. 다행히 칼이 귀향하였으니 시시비비를 가릴까 하오."

사또댁 식솔은 물론 군졸, 고을 사람들까지 손뼉을 치며 일어섰다.

"근디 저그 저 처자가 홍 아니여? 에고 숭허다."

아는 사람들은 놀라 기겁을 했다.

"여태 사내로 살더니 저 백정 아들놈한테 쏙 빠져 이상해진 거 아녀?"

"무신 사연이 있을겨. 우덜이 홍을 하루 이틀 봤간? 우리 춘향 대장간 대장장이 자슥인디 믿어보자고."

어사가 앞으로 나왔다.

"조용히들 하시오. 도령은 문제가 된 칼을 이리 가져오도록 하시오."

포박이 풀리자 병서가 도포자락을 펄럭이며 댓돌 쪽으로 갔다. 네댓 척은 될 성싶은 긴 칼을 칼집 채로 단상 위로 옮겼다. 시커먼 칼집에는 용이 춤을 추며 승천하고 있었다. 구경꾼들의 입에서 감탄이 터져 나왔다. 길고 검은 칼집이 끝만 살짝 휘어진 게 중후하면서도 민첩한 기운이 흘러넘쳤다. 나라를 구하는 데 쓰일 칼이라니 더욱 범상치 않게 보였다. 거뭇한 나무 손잡이에 영이 깃든 듯 딱히 형언할 수 없는 위엄과 권위가 칼을 감쌌다.

"좋소. 공정한 판결을 위해 양쪽에 공정한 기회를 주겠소. 지금부터 양자 대질신문에 거짓 없이 성의껏 응한다는 선서로 손을 들어 서약하시오."

홍, 춘석 그리고 병서가 손을 들자 사람들이 손뼉을 쳤다. 오랜만에 재판다운 재판을 보리라는 생각에 사람들은 마음이 설렜다. 벌써 흥분해 여기저기서 수군거렸다. 어사가 손을 들어 사람들의 말을 멈추게 했다. 주위가 잠잠해지자 어사는 다시 홍을 향했다.

"먼저 할 말이 있는 듯한 표정인데 말해보아라."

홍이 머뭇거리며 춘석을 가리켰다.

"저그 저 사람, 춘석은 죄가 없습니다."

홍이 다시 단상 위의 칼을 가리켰다.

"저 칼은 지 칼이에요. 그랑게 형을 받아도 지만 받으면 될 거고만요. 춘석은 칼과 전혀 상관이 없으니께요."

사람들이 야지랑을 놓았다.

"어이쿠, 열녀 나섰네."

"언지부터 저것들이 우덜 몰리 사랑 타령을 혔댜?"

"가만히들 좀 있어봐. 다 이유가 있지 않겄어."

"사사로운 이야기는 모두 멈추시오. 처자의 말은 친구를 곤궁에 끌어들이고 싶지 않다는 의미로 받아들이겠소. 그러면 이제 본인에게 묻겠다. 네 이름이 무엇이더냐?"

"홍이라고 헙니다."

"홍이라, 붉은 홍인가?"

"아니, 큰 기러기 홍, 강하고 굳셀 홍인디요."

"그래, 이름이 좋구나. 본가는 어딘고?"

"춘향골 대장간이어요."

어사가 고개를 끄덕였다. 여아치고는 제법 당찬 게 여간 호감이 가지 않았다.

"한양까지 소문난 그 유명한 춘향골 대장간 말이더냐?"

"예, 맞구면요."

홍이 감사의 표시로 머리를 조아렸다.

"보아하니 이 대장간의 칼을 놓고 서로 칼의 소유권을 주장하고 있구나. 먼저 홍에게 다시 묻겠다. 여기 이 칼이 네 칼이냐?"

"맞습니다. 지 부친께서 맨드셨으니께요."

"그렇다면 왜 칼이 남의 손에 들어가 있는 거지?"

"며칠 전 조정의 군졸들이 와서 칼을 뺏어갔는디요."

사람들이 옳소 하며 동조했다.

"뺏어갔다면 강탈해 갔단 말이냐?"

"아, 긍게 그게….."

"강탈이냐고 묻고 있다."

홍은 잠깐 망설이다 고개를 끄덕였다. 그러자 어사가 말을 돌렸다.

"그럼 조정이 도적이렷다?"

"도, 도적인 건 맞지요. 양반 도적이요. 근디….."

사람들이 양반 도적이라는 말에 술렁이며 손뼉을 쳤다. 그 소리가 홍의 다음 말을 먹어버렸다. 어사가 손을 올리더니 이번에는 병서를 향했다.

"여기 칼 임자라고 주장하는 자가 또 한 명 있다."

대장간 소녀와 수상한 추격자들

사람들이 우우거리며 고개를 치켜들었다. 누군가가 사또 아들이라며 수군댔다. 어사가 물었다.

"도령이 그 당사자지? 먼저 도령 이름이 무엇인가?"

"남원고을 사또 김소율 아들 김병서요."

"훌륭한 부친을 두고 있군."

병서의 송충이 눈썹이 으쓱거렸다. 사람들이 우우 낮은 소리로 비아냥거렸다.

"그런데 참 이상한 일이군. 칼이 어떻게 도령의 손으로 들어갔을까?"

"저도 칼을 구해오느라 수일간 모진 우여곡절을 겪었습니다. 한양까지 팔려 간 칼을 제 손에 넣기는 했으나…."

"팔려 간 칼이라니?"

"요새 세상에 그냥 가져가는 사람이 어디 있습니까? 우리 조선이 그런 나라입니까?"

"그건 조정과 삼자 대질심문해야 할 일이니 그 일은 다시 내가 알아보도록 하겠다."

"어쨌거나 제가 칼 임자라고요!"

"도령이 칼 임자임을 어떻게 증명하지?"

"저는 정당하게 돈을 주고 칼을 샀으니까요."

도령은 엄지와 검지로 둥글게 동전 모양을 만들어 보이면서 샀다는 말에 힘을 주었다.

"그런데 도령이 칼을 샀다는 걸 어떻게 믿지? 증인이 있소?"

병서는 잠시 생각하다 눈을 반짝였다.

"있어요. 있고말고요. 당연히 증인이 있지요."

"대보시오."

"한양까지 함께 갔던 마부 기남 영감입니다."

어사가 주위를 돌아보자 사람들도 목을 빼고 웅성거렸다.

"마부 기남이 어디 있나? 어서 나오지 않고 뭘 해?"

병서가 주위를 두리번거리며 소리쳤다. 사람들 속에서 마부 영감이 슬그머니 일어섰다. 어서 나가라며 사람들이 등을 밀었다. 마부가 곧 대청 한가운데로 밀려 나왔다.

"영감의 신분을 밝혀주시오."

"지는 사또댁 마부 기남이구먼요."

"여러분, 모두 이 마부를 아시오?"

사람들이 마지못해 고개를 끄덕였다. 사또댁에 혀라도 빼줄 듯이 구는 마부 영감이 못마땅한 건 하루 이틀이 아니었다. 어사가 마부를 향했다.

"마부 영감에게 미리 말해두오. 진실을 호도할 경우 형법에 따라 중벌을 내릴 것임을."

"예, 옙, 물론입죠."

마부가 고개를 주억거렸다.

"영감은 도령이 칼을 사는 걸 보았소?"

"예, 지가 한양에 도렌님을 모시고 갔으니께요…."

마부는 뒷말을 흐렸다. 어사는 마부의 증언이 뭔가 꺼림칙했으나 일단은 그냥 넘어가기로 했다.

"좋소, 그렇다면 도령이 칼을 샀으니 칼은 도령의 것이겠군."

병서가 눈썹을 실룩거리며 승리의 사인을 보냈다. 발목을 까닥거리며 다시 으스댔다.

사람들은 개차반 도령이 호되게 골탕이나 먹었으면 싶었다. 그런데 칼이 도령의 것이라니 이제 모든 게 물 건너가고 말았다. 재판에 실망한 사람들이 툴툴거리며 일어섰다. 홍을 바라보며 한숨을 내쉬기도 했다. 시절이 하 수상해 대장장이 딸이 남장으로 살았으니 힘든 세상이라며 한탄을 했다.

"이런 시시한 재판 때문에 밭일만 잔뜩 밀렸어."

"도렌님이 돈을 을매나 주고 칼을 샀는지 몰라도 춘향 대장간 상쇠가 불쌍혀. 그렇게나 몸을 축내며 만든 칼 아녀?"

"빌어먹을 시상, 돈만 있으믄 장땡이랑게!"

고을 사람들은 투덜댔다. 몇 달이나 그 칼 제작 때문에 춘향 대장간이 문을 닫았었다. 농사철이라 농기구가 급해도 호미 한 자루 살 수 없었지만 나라를 지킬 칼을 만든다고 하니 참고 참았다. 그런데 그렇게 공들인 칼이 하루아침에 개차반 사또 아들놈 손에 가 있다니! 대장장이가 불쌍했다. 얼마나 원통할까 싶었다.

그때 뒤에서 바퀴 구르는 소리가 들렸다. 집으로 가려던 사람들이 "앗, 대장장이다"라고 웅성거리며 길을 터줬다. 홍은 아버지를 보자 숨이 막힐 듯 반가웠다. 아버지가 혼자 몸으로 여기까지 온 게 놀랍고 송구스럽다. 어사가 영리하게 알아보고 인사를 건넸다.

"어서 오시오. 때맞춰 칼 임자가 등장하셨네! 함께 지켜봐 주시오."

되돌아가려던 사람들이 웅성거리며 재판장으로 다시 모여들었다. 어사가 물었다.

"홍, 분명히 저 칼이 네 칼이라고 했지?"

"그라지요."

"누가 만들었지?"

"저그 계신 지 부친께서 맹그셨어요."

"그 말이 맞으면 부친은 손을 들어주시오."

상쇠가 두 손을 치켜들며 힘차게 고개를 끄덕거렸다.

"그럼 칼의 원주인은 분명 춘향 대장간 주인이렷다?"

어디선가 "옳소"라는 소리가 카랑카랑하게 들려왔다. 하얀 백발의 어르신 마석 영감이었다. 사람들이 웅성거리며 신이 나 손뼉을 쳤다. 어사가 병서를 향했다.

"그러면 이번엔 도령에게 묻겠다. 칼을 구입한 날짜가 언제지?"

"돈을 주고 정당하게 구했다니까요."

"지금 구입한 날짜를 묻고 있네."

"며, 며칠 전입니다."

"며칠 전이라? 분명히 대라. 정확한 날짜를 댈 수 없는 이유라도 있

대장간 소녀와 수상한 추격자들

나?"

"정신이 없어 시간이 어떻게 가는지도 몰랐습니다, 칼만 쫓느라."

병서는 앗차 싶었다. 대처형이 있던 날은 조선 천지가 통곡하며 떨던 날이었다. 그날 칼을 샀다 하면 사람들은 그를 용서하지 못할 것이다.

"좋다. 날짜를 못 대겠다면 칼을 산 장소라도 대게."

"…."

"말을 안 하면 도리어 본인에게 불리하게 돌아갈 것이오."

병서는 송충이 눈썹을 다시 씰룩거렸다. 초조한 듯 다리까지 떨기 시작했다.

"그 유명한 칼을 구입한 장소도 기억하지 못한다?"

"아, 아닙니다."

"그럼 왜 고하지 못하지? 구입한 장소를 대지 않으면 위증죄가 적용될 거요."

병서는 초조한 나머지 다리를 더 빨리 털어댔다. 사람들은 양반이 죄인이 되려는 역사적 순간을 바라보며 신바람이 났다. 어사도 한 손을 턱에 괸 채 불안에 떠는 도령을 주시했다. 그리고 개똥이에게 눈짓을 했다.

"도령, 너무 걱정하시지 말게. 도령이 칼을 구입한 장소와 날짜를 알려줄 증인이 오고 있으니."

갑자기 병서가 사색(死色)이 되었다. 사람들은 병서의 눈치를 보며 슬슬 일어나 길을 터주었다. 남자아이가 앞서고 뒤에 더벅머리 남자가 따라 들어왔다.

"웬 에린 꼬마여? 우리 고을서 못 보던 아인디."

병서의 송충이 눈썹이 거의 직각으로 서버렸다. 이제 머리통까지 흔들어대기 시작했다.

'저 녀석이 지 애비를 대동하고 남원까지 오다니!'

믿을 수가 없어 몇 번이고 눈을 비볐다.

"어서 오시오. 먼길 오느라 수고하시었소."

어사가 더벅머리 부자(父子)에게 인사를 차렸다. 사실은 어사와 전주 주막에서 우연히 마주쳐 이미 통성명을 한 사이였다. 망나니 휘광의 아들 녀석이 남원칼 주인을 꼭 찾아야 한다고 해서 남원까지 가는 길이라고 했다. 마을 사람들은 낯선 어린 증인의 출현에 어리둥절하면서도 환호했다. 단 한 사람 춘석을 제외하고 말이다. 춘석은 모두를 용서하리라 다짐했건만 아들까지 달고 나타난 휘광을 보니 속이 뒤집혔다. 그저 눈을 감고 침을 꾹꾹 삼킬 뿐이었다.

어사가 병서를 향했다.

"도령, 이 아이를 아는가?"

병서 얼굴이 서서히 벌게졌다.

"그, 본 적이 있는 것 같기는 합니다만."

"저 아이를 어디서 본 것 같은가?"

"하도 여러 군데를 돌아다녀서 기억이 안 납니다."

병서는 피밭이라는 말을 숨겼다. 대처형 날 피밭을 얼쩡거리며 칼을

대장간 소녀와 수상한 추격자들

샀다면 고을 사람들의 몰매를 맞을 게 뻔했다.

"그럼 도령은 기억이 안 난다?"

병서는 발을 떨고, 소년은 얼굴이 벌게졌다. 그리고 뭔가 억울한 듯 입만 달싹거렸다.

"그럼 아이에게 묻겠다."

어사가 소년을 향했다.

"네 이름이 무엇인고?"

"검돌이라고 합니다. 육검돌이요."

"좋다. 검돌이는 도령을 아느냐?"

"예, 며칠 전에 만난 적이 있습니다."

"도령이 누군지 알았더냐?"

"도련님은 자기가 유명한 남원고을 사또 김소율의 아들, 김병서라고 했습니다."

병서 낯빛이 점점 흙빛이 되어갔다. 그리고 사람들의 웅성거림이 더 커지기 시작했다.

"그럼 도령을 어디서 만났느냐?"

"그, 그게 피밭이었어요⋯."

사람들이 우우거리며 몸을 떨었다. 사람을 너무 많이 죽여 피밭이 되었다는 한양을 관통하는 큰 강을 떠올렸다. 특히 밤마다 숨어 교리를 듣는 사람들은 쉬쉬했다. 쥐도 새도 모르게 그곳으로 잡혀간다고 해서다. 검돌이가 다시 힘주어 말했다.

"피밭 옆에 있는 칼창고였어요."

검돌은 빨리 모든 걸 훌훌 털어놓고 싶었다. 한양에서 남원까지 오는 며칠 동안이 죽음 같았다.

"거기서 뭘 했지?"

"그것이…."

소년은 드디어 흐느끼기 시작했다. 옆의 더벅머리 남자가 소년의 어깨를 다독였다.

"괜찮다, 검돌아. 애비가 여기 있으니 다 털어놔라."

"흐흑, 제가 아버지 몰래 남원칼을 없애고 싶었어요. 그 남원칼만 없으면 아버지의 걱정이 사라질 거라 생각했어요. 그래서 아버지가 잠든 사이에 칼창고의 열쇠를 훔쳤어요."

어사가 소년을 향했다.

"너희 아버지는 무엇을 하는 분이더냐?

그때 검돌 아버지가 결심한 듯 앞으로 나섰다.

"저, 저는 망나니입니다."

사람들이 모두 한숨을 쉬었다.

"검돌 아버지, 되었소. 지금 검돌이에게 묻고 있소."

어사가 검돌을 향했다.

"그럼 훔친 열쇠를 어떻게 했더냐?"

"흐흑, 저는 죄를 지었어요. 칼창고를 열어주고 도련님에게 칼을 팔았습니다."

검돌은 다시 흐느끼기 시작했다. 그 돈만 있으면 아버지가 행복해지리라 생각했다. 그러나 칼이 없어진 걸 안 아버지는 노발대발했다. 그 남원칼은 나라의 칼이라고 했다. 칼이 없어진 책임을 아버지가 다 걸머져야 한다고도 했다. 소년은 후회했지만 이미 엎질러진 물이었다.

"자, 이제 검돌은 칼을 판 게 확실해졌소."

병서는 신나게 다리를 까딱거리며 이미 자리를 뜰 준비를 하고 있었다. 사람들은 혀를 찼다. 돈이 최고더냐, 망나니 아들이라 별수 없다며 한숨을 내쉬었다. 어떤 이는 눈물을 훔치고 가슴을 쓸어내리며 맥없이 일어서기도 했다. 우르르 대청을 나서는 사람들을 향해 어사가 팔을 들어 올렸다.

"마지막으로 한 가지 더 검돌에게 묻겠다. 네가 칼을 판 돈은 어떻게 되었느냐?"

사람들은 모두 귀가 번쩍 뜨여 다시 앉았다.

"저, 저는 차마 그 주머니를 열어볼 엄두도 못 냈어요. 그 돈은 아버지에게 필요하리라 생각했으니까요. 그 돈만 있으면 울 아버지가 사람들 목을 베지 않아도 될 것 같았어요. 그래서 여태 아버지에게 그 돈 이야기를 못 했어요. 그걸 아시면 아버지가 저를 내쫓을 게 분명하니까요."

"그럼 그 돈은 어디 있느냐?"

사람들이 눈을 반짝이며 검돌을 바라보았다.

"여, 여기 그대로 있습니다."

소년이 저고리 안쪽에서 소중한 뭔가를 꺼내듯 손을 넣었다. 두 손에 든 건 갈색 무명천 주머니였다. 사람들이 우우 함성을 질렀다. 그걸 보자마자 병서는 대뜸 검돌이에게 달려들었다.

"이리 내! 그건 내 거다!"

사람들이 우우거리며 난장판이 되었다.

"여기는 재판정이오. 모두 정숙하시오."

어사가 소리쳤지만 도령은 막무가내였다. 기를 쓰고 빼앗은 주머니는 어느새 병서의 손에 들려있었다. 사람들이 우르르 일어섰다.

"저런 나쁜 인간, 얼렁 애헌티 돌려줘!"

"진짜 날강도가 따로 없다니께."

"칼하고 바꾼 게 아녀?"

어사가 손을 들어 제지시켰다.

"도령은 들어라. 지금 그대가 그 돈주머니를 회수하면 칼 강탈범이다. 돈을 내지 않고 칼을 소지한 죄를 묻겠다. 돈을 아이에게 주더라도 공물 공모 횡령죄다. 그러니 그 주머니를 이리 내도록 하라."

개똥이 어느새 병서의 손에서 돈주머니를 빼앗아 어사에게 바쳤다. 어사가 주머니를 들어 올렸다. 사람들은 침을 꼴깍 삼키며 주머니를 바라보았다.

'저자가 필사적으로 주머니를 가져가려는 이유가 분명히 있을 터.'

어사는 주머니를 흔들어보았다. 그러더니 고개를 갸우뚱거리며 방청객을 바라보았다.

"마부 영감, 다시 증언이 필요하오. 어디 있소?"

사람들이 웅성거리며 마부를 밀어냈다. 마부가 떠밀려 앞으로 나왔다. 어사가 말했다.

"도령이 검돌이에게 준 이 돈주머니를 본 적이 있소?"

"이, 있고 말굽쇼. 주막에서도 거그서 돈을 꺼내 식대로 냈으니께요."

"그럼 분명 이 주머닌 병서 도령의 것임이 확실하군. 그럼 열어보도록 하겠소."

순간 마부는 양심이 찔렸다. 주막에서는 도령이 하얀 무명천 주머니를 열었던 기억이 났다. 그런데 이건 갈색 주머니다. 다시 말할까 망설이다 그만두기로 했다.

'에공, 그 주머니나 이 주머니나 주머니는 주머니여. 내가 틀린 말을 헌 건 아닌게.'

사람들은 가슴을 조이며 어사를 바라보았다. 주머니를 열어 안을 들여다보던 어사의 입술이 부르르 떨렸다. 어사는 갑자기 주머니를 닫았다. 사람들이 웅성거렸다. 도대체 뭐가 들어있기에 그러는지 궁금하기 짝이 없었다.

'이걸 몸에 지니고 며칠 동안이나 객지에서 간수하다니! 돈주머니인 줄 알고 어린 것이 잠도 설쳤겠지.'

어사가 돈주머니를 단상 위에 놓았다.

"자, 오랜 시간 동안 동석해주신 춘향골 여러분 고맙습니다. 최후의

판결을 선포합니다. 병서 도령을 어린이 회유죄와 사기죄로 처단합니다. 첫째, 아이를 꼬드긴 죄요. 둘째, 돈을 주는 대신 비열한 짓을 한 죄목이오."

병서가 펄쩍 뛰며 일어섰다.

"저, 저는 아무 짓도 안 했습니다. 분명히 돈주머니를 통째로 줬어요!"

어사의 머리가 바삐 돌아갔다. 이윽고 검돌을 향했다.

"그렇다면 검돌이가 돈에 손을 댔다는 결론이 되는군."

검돌이가 흐느끼기 시작했다. 어사는 아버지를 졸라 먼길을 온 어린 소년을 바라보았다, 곰곰 뭔가 궁리를 하면서.

"검돌이에게 묻겠다. 며칠씩이나 걸리는 이 먼 남원까지 왜 내려온 거지?"

"저는 그 돈주머니를 돌려주고 아버지가 다시 칼을 찾아야 한다고 생각했어요. 나라의 칼이니까요."

"그렇군. 그래서 돈주머니를 그대로 간직했던 것이군."

사람들이 일어서서 손뼉을 쳤다. 맞다, 맞다 하며 검돌을 응원하면서. 어사가 손을 올려 소음을 제지시켰다.

"이제 병서 도령에게 묻겠다. 그럼 얼마를 주고 칼을 샀는가?"

"…."

"흥정을 하고 돈을 지불하지 않았나? 아무리 어린애라지만 그 대단한 칼을 사는 데는 제법 거금을 주어야 할 텐데."

병서는 고개를 숙인 채 사시나무 떨듯 다리를 떨었다.

"모두 들으시오. 검돌이의 말이 사실임을 밝히겠소. 첫째, 검돌이가 돈을 돌로 바꿔치기했다면 아마 이곳에 오지도 않았을 것이오. 금세 밝혀질 돌 주머니를 가슴에 품고 몇 날 며칠 칼을 찾으러 올 수는 없으니 말이오. 둘째, 검돌이가 주머니를 열어보고 돈이 아님을 알았다면 이 재판장에 오자마자 주머니를 내놓으며 하소연했을 것이오. 그러나 검돌이는 이제야 돈주머니를 내놓았소. 그러므로 검돌이가 돈주머니에 손을 대지 않은 게 확실하오."

사람들이 환호했다. 어사가 다시 병서를 향했다.

"정당한 거래를 하지 않았으므로 칼에 대한 도령의 소유권 주장은 무효로 선포한다. 거짓으로 어린아이를 속인 죄의 형량이 상당히 클 것이다. 또 부모의 권세를 등에 업고 행세하는 것은 큰 죄악이다. 부모가 사또지 도령이 사또는 아니지 않은가? 이 큰 집이 아버지의 집이지 도령의 집이 아니듯이 말이다."

어사가 이번에는 검돌이를 향해 말했다.

"소년 검돌 역시 나라의 물건 매매에 공모한 '공물매매 죄'를 지었다. 그러나 부모에게 효도하고자 한 점을 충분히 감안하겠다. 받은 돈을 열어보지도 못한 채 애달파하던 어린 나이를 감안할 때 형량은 훨씬 줄어들 것이다."

사람들이 일어서서 손뼉을 치며 소리쳤다.

"검돌이는 무죄여! 무죄여!"

어사가 고개를 끄덕이며 미소 지었다. 두 손을 들어 사람들을 잠재우려는 듯 뒤로 발을 뗐다. 그 순간 어사의 도포자락이 칼집을 스쳤다. 칼집이 쿵 벗겨지며 바닥에 떨어졌다. 칼 손잡이에 인두로 찍힌 「남원도 '궁'」을 보며 사람들이 우우 함성을 질렀다. 여러 개의 홈이 파인 나무 손잡이 위로 푸른 섬광이 빛다발이 되어 날렵한 칼등 위로 유유히 퍼져갔다. 칼등은 날렵하면서도 강인하고, 화려하되 천박하지 않으며, 은은하면서도 서릿발 같은 검광을 발했다. 어사가 칼을 향하여 합장하더니 이번에는 홍을 향해 섰다.

"맨 처음 증언으로 돌아가 홍에게 다시 묻겠다. 칼을 강탈당했다고 하면서도 강력하게 주장하지 못하는 이유가 무엇이냐?"

홍의 얼굴이 달아올랐다. 고개를 숙이더니 망설이듯 허리춤에 찬 주머니를 열었다.

"여, 여기 엽전 두 냥에서 남은 거스름돈이 있응게요."

사람들이 우우 함성을 질렀다. 홍이 몇 개 남은 엽전을 내밀었다. 그러자 홍 아버지도 고개를 끄덕였다.

"전주와 진산 주막서 국밥을 사먹은 게 전부…. 아, 글고 이, 이 저고리도 샀어요."

말하는 홍의 볼이 발개졌다. 사람들은 감탄과 흥분이 교차하는 심정으로 홍을 바라보았다. 그때 대장장이가 나섰다.

"한양서 왔던 군졸이 칼값으로 엽전 몇 냥을 던져놓고 갔습죠."

""맞어요. 낭제 주막에서 열어보니 두 냥이었어요."

홍이 풀이 죽어 말했다.

"두 냥을 주긴 했다만 백성의 보검을 강탈한 것은 정당한 거래라 할 수 없다. 한양에 돌아가면 그 담당자를 찾아 처벌하도록 하겠다. 관직을 이용해 수탈과 강탈을 일삼는 행위는 엄히 처벌되어야 한다. 자, 이제 칼은 대장장이의 것이오."

사람들이 환호성을 지르고 상쇠는 깊은 절을 했다. 어사가 팔을 들어 환호를 멈추게 하며 말했다.

"단, 칼 임자는 들으시오. 칼을 찾아가는 대가로 조정에 반납할 칼값 두 냥을 채워 준비해주시오."

대장장이가 절을 하며 말했다.

"칼을 찾게 된 이 은혜를 어찌 갚을지 모르겠구먼요."

바로 그때 휘광이 검돌을 데리고 앞으로 나섰다. 사람들이 웅성거리기 시작하자 어사가 손을 들어 소란을 잠재웠다. 휘광은 고개를 숙이고 아들 검돌의 손을 꼭 쥐었다. 춘석은 눈을 크게 뜨고 더벅머리를 노려보았다.

"어사님, 제가 죄인이올시다. 흑흑."

"할 말이 있는 모양인데 어서 말해 보시오."

"제, 제가 대처형 전에 조정의 사주를 받아 '궁'을 강탈했습니다. 그리고 피밭 처형장에서 무고한 사람들의 목을 수도 없이…, 흐흐흑."

"검돌 아버지, 눈물을 거두시오. 이제 다 끝난 일 아닌가?"

"제가 이 아이의 애비가 될 자격이 있을까요? 이 피붙이 먹여 살리려고 인간으로서 못할 망나니짓을 하며 살아왔습니다. 어떤 숙명을 타고나 이 몹쓸 일을 하게 되었는지 몰라도 너무나 가혹합니다. '궁' 때문에 일어난 이 일의 발단은 모두 저에게 있어요. 그러니 모든 죄는 마땅히 제가 짊어져야 합니다. 제발 못난 저를 벌해주십시오."

"흐흑, 아버지!"

검돌이가 아버지 품으로 파고들었다. 부자는 목을 놓아 울기 시작했다. 어느새 재판정 안에 훌쩍이는 소리가 퍼져갔다.

"무슨 일을 하고 살건 그것은 당신의 죄가 아니오. 검돌 아버지는 자기 일을 성실히 한 장한 백성이오. 정 그러하다면 앞으로 더욱 바람직한 일을 하고 살아보시오."

사람들 얼굴이 환해졌다. 어사를 향해 우레 같은 박수가 터져 나왔다.

"와! 어사님 덕분에 우덜 같은 버리데기도 살 맴이 난다니께!"

"오늘 판결 좀 봐봐. 명판결 중에 명판결이여!"

어사가 웅성거림을 잠재우며 다시 말했다.

"검돌아, 아버지 모시고 가거라. 네 부친은 죄가 없다."

검돌 부자는 어사 앞에 흐느끼며 읍했다. 어사가 다가와 부자를 일으켜 세우며 자리를 벗어나도 사람들은 환호성을 지르며 자리를 뜰 줄 몰랐다.

칼이 칼 노릇을 혀야제

사람들이 재판정을 떠난 후에도 춘석은 망나니 휘광과 '궁'에 대한 증오가 쇳물처럼 끓어오르다 가라앉곤 했다. 그런데 그 앞에 어린 아들을 앞세운 휘광이 스스로 죄인이라며 참회하고 있었다. 그의 진정성에 춘석의 마음은 갈피를 잡을 수가 없었다.

아버지가 스스로 걸어가 죽기를 자처한 것은 아버지의 혼을 불사르게 만든 사랑과 용서의 진리였다. 천민을 노예처럼 괴롭히던 양반까지도 용서하고 사랑으로 대하라고 하셨는데 하물며 같은 천민인 휘광을 어찌 내칠 수 있겠는가. 휘광 부자에게 벅차오르는 연민으로 춘석의 마음이 서서히 열리고 있었다. 춘석은 숨을 크게 내쉬며 결심한 듯 휘광에게로 다가갔다.

"검돌 아부지, 죄라면 검돌 아부지도 우리 아부지도 모다 시대를 잘 못 타고 난 죄밖에 없다니께요. 우덜 모다 조선 천지 어덴가 버려진 버리데기요. 그랑게 오늘부터 나가 아제 친구가 될랍니다."

눈이 발개진 휘광이 눈을 껌벅거렸다. 뭘 잘못 들었나 싶어서 춘석에게 다가갔더니 춘석이 다시 말했다.

"인자 아제의 친구가 되고 싶다고요."

휘광은 다시 눈물을 글썽였다.

"정말 이런 순간이 올 줄 몰랐습니다. 저같은 망나니를 친구로 맞아주다니!"

"피밭에서 돌아가신 지 부친도 기뻐하실 거랑게요, 우덜이 친구가 된 걸 아시믄."

검돌 아버지는 피밭이라는 말에 가슴이 턱 막혔다. 앞에 있는 청년과 닮은 유난히 덩치 큰 남자가 목침 위에 엎드려 있던 장면이 스쳐갔다.

"그런 줄도 모르고 정말 이 죄인을 용서해주시오."

그는 춘석의 손을 덥석 잡으며 고개를 떨궜다. 두 사람은 한참 동안 그렇게 흐느끼며 서 있었다. 위로를 받으니 춘석은 설움이 더 복받쳤다.

"자, 인자 그만들 허고."

그들 사이로 앉은뱅이 의자를 끌며 상쇠 아제가 다가왔다. 그는 엎드려 절을 하는 춘석의 손을 부여잡았다.

"춘석이 미안허이. 자네 부친은 참말로 대단허신 분이었당게. 저그 하늘나라에서도 자네를 꼭 지켜주실 거시여."

춘석이 상쇠 아제를 안은 채 한참을 그대로 있었다. 얼마 후 일어서는 춘석 어깨가 한 번 더 파도쳤다. 그때 검돌 아버지가 다가왔다.

"그런데 지금쯤 피밭에서는 남원칼이 없어졌다고 난리가 났을 겁니다."

마침 그때 개똥이가 앞장서며 어사를 인도했다. 모두 하던 말을 끊고 물러섰다.

"어사님 드시오."

대청에 아직 남아있던 사람들이 비키며 길을 터줬다. 평복으로 갈아입은 어사가 무명 도포를 여미며 들어오고 있었다. 어사가 생각난 듯 갓을 벗어 개똥이에게 건네었다. 그러자 틀어 올렸던 머리채가 창포잎처럼 흘러내렸다. 사람들 사이에 감탄 섞인 함성이 터져 나왔다. 관복을 벗고 도포는 걸쳤으나 생김새가 틀림없는 여인네였기 때문이다. 어사가 알아차린 듯 조용히 웃으며 손을 저었다.

"놀라지들 마세요. 내 머리가 비단결 같아서요?"

사람들은 화기애애한 속에서 즐거워 어쩔 줄 몰라 했다. 그때 개똥이가 나섰다.

"너무 놀라지들 마시라고요. 잘못하면 애 떨어집니다. 우리 박일량 어사님으로 말할 것 같으면 문관과 무관 양쪽 과거에 급제하신 조선 최초의 여성 어사이십니다. 인정은 물 흐르듯 흐르는 분, 불의는 칼로 자르듯 단호하기 이를 데 없는 분이시지요. 이번 재판이 모두에게 정의로운 판결이 되었기를 바랍니다."

"어쩐지 재판이 뭔가 다르다 했더니"라며 사람들이 수군거렸다. 어사가 조용히 홍에게 다가가 어깨에 손을 얹었다.

"묵묵히 아버지를 도와 뒤에서 나라를 위한 칼을 만드는 그대 같은 여인네들에게서 나는 우리 조선의 희망을 보았소."

홍은 눈을 들어 어사를 바라보았다.

"감사혀요. 어사님을 뵈니 더욱 심이 나네요. 지같이 하찮은 여자라도 부모를 위허는 것이 나라를 위허는 일이라는 걸 알게 되었당게요."

"홍, 그대는 굳셀 홍이오. 그대 같은 여성들이 빛나는 조선을 만들리라 확신해요."

홍이 감동해 눈물을 글썽이는데 검돌이가 다가왔다.

"어사님, 칼은요?"

어사가 검돌이의 어깨를 잡고 눈을 들여다보았다.

"이미 흘러간 물로 물레방아를 돌릴 수는 없는 법이다. 검돌아, 너무 걱정하지 말아라. 남원칼 건은 내가 조정과 연락해 해결할 것이니라."

검돌 부자의 얼굴이 봄 햇살처럼 환해졌다. 어사는 칼집을 열고 서서히 칼을 들어 올렸다. 다시 한번 서슬 퍼런 '궁'이 위용을 드러냈다. 칼날의 도독한 등살과 손잡이 위에 쓰인 「남원도 '궁'」이라는 글자가 파란 빛다발을 이루며 빛났다. 어사가 홍을 향했다.

"자, '궁'과 함께 대장간으로 가서 부친과 오랜만의 회포를 풀어보시게."

홍이 칼을 받고 엎드려 절을 했다. 남은 사람들이 손뼉을 치며 환호했다. '궁'은 가슴이 터질 듯 기뻤다. 나른한 오후의 대장간에서 상쇠 아제의 담금질 소리를 다시 들을 수 있다는 행복감에 전신이 나른해질 지경이었다. 얼마나 긴 여정이었던가! 그때 어사가 대장장이를 향했다.

"갑시다. 홍 부친께 대장간에서 긴히 드릴 얘기가 있소."

홍은 '궁'을 들어 천천히 한쪽 옆구리에 꼈다. 아버지의 앉은뱅이 의자를 밀며 기쁨이 넘쳐났다. 아버지와 '궁'과 함께 대장간 골목을 다시 걷다니 꿈만 같았다. 아버지가 조용히 홍을 돌아보았다.

"너, 너는 인자…."

홍의 옷차림을 보며 탄식했다.

"아부지, 죄송혀요. 살려니 어쩔 수 없었다니께요. 입을 옷이 없어서 그만."

"그랴, 잘혔다. 언진가는 밝혀야 허는디 그날이 언질지 항시 걱정이었어."

"새 시상에 새로 태어난 기분이에요."

아버지가 눈물을 글썽이며 고개를 끄덕였다. 어사가 다가오며 말했다.

"따님을 여장부로 잘 키우셨더군요. 한양까지 칼 찾으러 갔다 온 용기가 남자 이상입니다."

"감사허구먼요. 애비 몸띵이가 이리 시원찮아 대장간 일을 돕다 보니."

"부녀간에 힘을 모아 더 멋진 칼이 만들어지길 빕니다."

"인자 홍이 돌아왔응게 도움을 받아 나라를 지킬 칼을 또 맹글어 볼 랍니다."

홍이 진주 이야기를 꺼낼 여가도 없이 춘석이 다가왔다.

"홍, 대장간에서 아부지 도와드릴 일만 혀도 넘칠 것 같은디."

"니는 워찌 그리 잘 아는겨? 요참에는 담금질을 갈킬라고 맘먹었고 만. 홍이 너도 인자 그럴 나이가 됐고. 뒤에서 조용히 자기 일을 다허는 것도 나라를 돕는 일이여."

홍은 가만히 머리를 숙였다.

"네, 아부지."

어사가 홍 부녀를 향했다.

"시작이 반이라 벌써 멋진 칼이 눈앞에 보이는 것 같습니다."

어사가 계속 말했다.

"홍 부친께 사실 긴히 드리고 싶은 말씀이 있습니다. 제게 영산포구 를 지키는 장수 친구가 있답니다. 배꼽 친군데 제가 남원 시찰을 간다 는 소식을 들었나 봅니다. 사람을 시켜 제발 남원칼을 구해달라는 전 갈을 보냈어요. 우리 진영은 왜구에 비해 형편없이 칼이 부족하다면서 요. 제가 우연히 이곳까지 오게 된 것도 하늘이 점지한 덕이라 생각됩 니다."

모두 고개를 끄덕이며 어사를 바라보았다.

"칼을 주문했으면 합니다. 급히 가져갈 만한 게 없으면 쓸 만한 칼로 맞추었으면 하는데 제 청을 들어주시겠습니까?"

어사는 돈주머니를 조용히 내놓으며 간청했다. 상쇠는 고개를 저었다.

"지가 나라를 지킬 분을 위해 '궁'을 맹글긴 혔지만, 시방은 지를 떠나 딸 녀석에게 준 칼이지요. 지가 팔고말고 할 수는 없구만이라."

홍이 말했다.

"지 것이 아부지 것이고, 아부지 것이 지 것이지요, 뭐. 오래비 궁의 원을 풀어줄라고 아부지가 맹근 칼이에요. 억울하게 시상을 뜬 울 엄니랑 오래비 궁의 혼이 서린 이 '궁'은 첨부터 나라를 지키는 장수의 든든한 칼이 돼서 그이들의 원을 갚을라고 태어난 거랑께요."

'궁'은 순간 아찔했다. 생시처럼 목을 매단 여자와 남자아이가 꿈속에 나타나곤 했던 까닭을 이제야 알 것만 같았다. 모든 것을 알게 된 이 순간 꿈같은 춘향 대장간의 오후에 안주하고 있을 수만은 없었다.

「칼의 근분이 뭔디. 칼이 칼 노릇을 혀야제. 억울하게 죽은 홍 누임의 엄니와 오래비의 원수를 갚기 위해 영산포구로 떠나야 혀. 거그서 나라를 지키는 진정한 칼이 되어야 헌다!」

홍은 '궁'에게 고개를 끄덕이며 어사를 향해 칼을 내밀었다.

"어사님, 이 '궁'을 친구분께 드립니다. 그라고 칼값은 더 이상 말씀허시지 마셔라."

어사는 홍 아버지에게 깊고 깊은 절을 했다.

"정 그렇다면 칼값 두 냥은 제가 조정에 반납하게 허락해 주시지요. 불편한 몸으로 혼신의 힘을 다해 제작한 위대한 칼의 정기를 잊지 않겠습니다. 이제야말로 장수의 손에서 '궁'이 나라를 구하는 칼로 의롭게 쓰일 때가 왔습니다."

어사는 '궁'을 들어 올려 홍에게 내밀었다.

"자, '궁'에게 마지막 작별인사라도 하게."

홍은 '궁' 위에 손을 얹은 채 눈을 감고 가만히 귀를 기울였다. 분신처럼 사랑했던 '궁'을 떠나보내야 할 시간이었다. '궁'을 찾아 헤매던 여정이 주마등처럼 떠오른다. 홍의 눈앞이 부옇게 흐려졌다.

「홍 누임, 이 시상에 영원이란 없는 거 아니요. 만남은 헤어짐을 낳고, 헤어짐은 또 만남이라고 사람들이 그럽디다. 부디 우덜의 의로운 정기가 춘향 대장간의 전설로 남기를 빌어요.」

"그려, 인자 우리의 전설을 다시 써보자. 칼이 되고 싶은 칼아!"

'궁'이 은은한 빛을 품어 화답했다. '궁'의 시퍼런 빛다발이 대장간 주위를 돌아 지붕 위로 솟구쳤다. 어사가 무릎을 꿇고 그 칼을 높이 들며 대장장이에게 깊은 절을 했다. 그리고 홍의 손을 잡아 '궁' 위에 얹고 그 위에 자기 손을 얹었다. 그 모양이 마치 칼을 두고 의자매를 맺는 모습 같아 모두 숨을 죽였다. 이내 '궁'을 든 어사의 뒷모습이 부연 햇살 속으로 멀어졌다. 홍은 어사가 사라질 때까지 자리를 뜨지 못했다. 잠시 후 검돌 아버지가 다가왔다.

"우리도 어서 서둘러 진주로 떠납시다."

춘석이 고개를 끄덕였다.

"이미 새벽에 일 분대가 떠났고, 그들과 합세하려면 오후에는 떠나야 합니다. 가다 보면 저녁이 될 것이고, 아직 오리무중이지만 암흑을 뚫고 나면 훤한 빛이 보일 겁니다."

춘석이 홍에게 다가갔다.

"홍, 아부지를 잘 도와드려. 내가 진주서 올 때쯤이면 명품칼이 또 하나 탄생허겄네."

"그려, 이짝 지방도 농민들이 단단히 승났댜. 어여 댕겨와서 여그도 돌봐야 혀."

춘석이 주먹을 쥐며 고개를 끄덕였다. 그때 검돌이가 춘석에게 다가왔다.

"형님, 형님이 울 아버지 잘 모시고 갈 거지요?"

춘석은 가슴이 무너져 내리는 듯했다. 눈을 감고 속으로나마 검돌이처럼 '아부지, 울 아부지!'라며 불러보았다. 눈물이 주르르 흘러내렸다. 어느새 춘석은 자신의 큰 손안에 들어온 작은 손을 꼭 쥐었다.

"검돌아, 걱정허지 말고 여그 잘 있어."

대장간의 쇳물 끓는 소리만 오후의 정적을 부채질하고 있었다. 이별을 재촉하는 것만 같은 그 소리에 홍은 가슴이 미어졌다. 그러나 온몸을 털고 일어섰다. 춘석을 기쁘게 떠나보내야만 한다. 그의 돌판 같은 등짝에 손을 얹었다.

"춘석이, 인자 갈 시간이여."

홍은 눈물을 보이기 싫어 얼른 돌아섰다. 춘석이 등진 홍의 어깨에 가만히 손을 얹었다. 그 위로 뜨거운 열꽃이 쏟아졌다.

"반다시 돌아올 거여!"

"그려, 꼭 돌아와야 혀."

홍이 나머지 말을 속으로 삼켰다.

'사람이 되고 싶은 사람아!'

그때 검돌 아버지가 소리쳤다.

"홍 누님! 내가 돌아올 때까지 우리 검돌이 좀 부탁하네!"

홍은 어느새 검돌이의 머리를 쓰다듬고 있었다. 검돌이의 까만 머리카락 위로 굵은 눈물방울이 툭 떨어졌다.